URBINO, LA FORTUNA
Y OTRAS PAMPLINERÍAS

URBINO, LA FORTUNA Y OTRAS PAMPLINERÍAS

Nelson Gudín Benítez

URBINO, LA FORTUNA Y OTRAS PAMPLINERÍAS
©Nelson Gudín Benítez, 2021

ISBN: 978-1-7339820-8-5
©ClassicSubversive Editions, 2021

Edición: Jorge Fernández Era
Diseño: Antonio Gómez Santiago
Corrección: Carmen Capdevila Prado

Colección Bahía
ClassicSubversive Editions
classicsubversive@gmail.com

Brevísima introducción

Pocas veces en la historia de la narrativa cubana se obtiene un resultado tan visual en la prosa como en esta obra donde Nelson Gudín, utiliza los recursos provenientes de los medios audiovisuales, el teatro y la crónica costumbrista, para colocar al lector en situación de personaje y espectador consciente. La conexión entre la escritura para la escena y la narrativa de ficción se complementan, armonizan de tal manera que rescatan y dan otra dimensión a la estampa criolla. Particularidad que a mi juicio, la hace una rareza. El libro tiene un humor cargado de ráfagas críticas y de momentos hilarantes. El autor maneja con maestría varios géneros literarios e incluye décimas que son de antología popular, sus resonancias nos llevan al estilo de las mejores obras del teatro y la sátira del siglo de oro y alcanzan, además de gracejo popular, una factura impecable.

Su editor, Jorge Fernandez Era, sustenta el criterio de que «En *Urbino, La Fortuna y otras pamplinerías* se hace ostensible la capacidad del autor para revelar, desde un humor nada populista, la sensibilidad que despierta el monte con sus arroyos, su verde, sus bichos y su gente.

Sobre todo su gente, la misma que mañana puede llenar un teatro para disfrutar de los excelentes monólogos del Nelson actor, o abrir las páginas de sus cuentos y noveletas colmadas de poesía que nos recuerdan, línea por línea, que la fortuna está de nuestro lado».

ALBERTO SICILIA MARTÍNEZ

Nelson Gudín Benítez, es actor, guionista, narrador, poeta y reconocido humorista cubano. Nació el 18 de agosto de 1966 en Pilón, Granma, Cuba. Ha reconocido que muchos de sus relatos los escribió inspirado en su niñez en esta localidad cubana. Sus personajes El Bacán de la vida y Flor de Anís, le han otorgado gran fama y popularidad en la isla.

Antes de dar el salto a la televisión, Gudín ya contaba con una prolífica carrera en esas especialidades. Trabajó como guionista y actor desde 1988 hasta 1995 en el grupo de teatro Galich y en el humorístico Club de Rueda. Fue fundador del grupo literario SUR en Pilón en 1989, donde presidió la Asociación Hermanos Saíz desde 1988 hasta1992. Ha escrito poesía para niños y recibido premios como Encuentro Nacional de Talleres Literarios en 1992, Premio 20 de Octubre de Narrativa en 1999 y el premio Nacional de Narrativa Humorística Aquelarre, de los años 1998 y 2008.

Tiene publicados los libros *La Ciudad y el loco* (poesía), Editorial Extramuros, 2010, *El país de los*

Pultos (novela), Editorial SanLope, 2010, *El mundo de los ojos* (poesía), Ediciones Bayamo, 2011, *Gentes de San Apapucio* (Cuento), Editorial José Martí, 2016 y *En el lugar del ciervo*, Editorial Tu Letra Online, Estados Unidos 2020.

En el año 2005 pasó a la televisión cubana con el programa humorístico *Deja que yo te cuente*, como creador y guionista, donde además interpretaba a Flor de Anís y Urbinito, personajes que unidos a otros como Mentepollo (Carlos Gonzalvo), Lindoro Incapaz (Rewel Remedios), La Llave (Miguel Moreno), entre muchos, encarnaban estereotipos endémicos de la estampa cubana y le ganaron al espacio televisivo una gran audiencia apoyada también por su corte humorístico. Entre los años 2006-2008 ganó premios relacionados a Mejor Programa Humorístico de la televisión y Mejor Actor.

Hacer humor de ese tipo en los medios oficialistas siempre ha sido un gran reto y Gudín pasó la prueba manteniendo en el aire el programa durante muchos años.

En 2015 se reencontró con su público y con compañeros de profesión, en Miami. Participó en dos programas del canal América Tvé: *El Espejo, Juan Manuel Cao* y *El Happy Hour* con sus representaciones de El Bacán y Flor de Anís. Ese mismo año presentó su show El Bacán en Houston.

Los cuentos de Urbino

Pocero

El día ha sido cálido, como son los días en Los Tirantes. Evarista salió temprano para las colas interminables de Paso Diez, y él, sin dejar de pensar en Arturita, se ha encargado de los quehaceres «para no verme en el mal momento de tener que oírla», se dice así mismo, sin poder explicarse que desde hace días no tiene cabeza para las obligaciones lógicas de un ser racional.

«Usted puede pensar lo que quiera, pero no tuve otra alternativa que bajar al pozo y ponerle un tapón en el manantial. No, Arturita no lo sabe; y no se preocupe, que como fue por la madrugada, nadie me vio. Además, ellos no se van a morir. Cuando la sed, el churre y la necesidad los apriete, Pipo Pérez tiene que venir a pedirme ayuda… ¡Y es ahí donde yo aprovecho y me caso con Arturita!». Son las palabras organizadas en el pensamiento de Urbino para cuando le toque, en algún momento, darle una explicación a la tía Evarista. Ahora, acostado a la sombra del framboyán, solo le queda esperar a que, por la vía menos pensada, le llegue el recado de que Pipo quiere verlo con urgencia.

—Pipo —se queja Arturita entrando a la casa con dos cubos vacíos—, el último poquito de agua que quedaba se lo tragó la tierra... Usted tiene que hacer algo. Se lo vengo advirtiendo hace una semana.

—¿Y que usted quiere que yo haga, mija?

—Solo hay dos posibilidades: una, mudarnos para Paso Diez.

—Ni lo pienses..., primero muerto, a vivir cerca de tu madre —dice Pipo con la misma energía de hace veinticinco años.

—Pipo, pero si ustedes hace mil años que se separaron...

—No me importa..., hay heridas que no cierran nunca.

—¡Ay, Pipo..! Yo estoy segura, que de eso ya no quedan ni las cicatrices.

—¿Ah, no? —responde Pipo y le enseña una cicatriz debajo de la camisa—. ¿Y esto qué cosa es?

Arturita intenta recordar, pero son demasiados los años. Sabe que muchos recuerdos vagan en su mente condicionados por las historias contadas por Pipo, y no porque realmente los haya vivido o visto. Deja los cubos en la cocina. Después recorre el patio como si con ello lograra calmar las ganas de ver a Urbino. Luego se sienta en silencio al lado de Pipo. Intenta amansar las palabras, hasta que logra decirle:

—La otra posibilidad es buscar a Urbino para que revise el pozo.

—¿Y qué sabe Urbino de pozos?

—Bueno —refiere Arturita tratando de recordar—, hace como dos semanas, antes de que usted le prohibiera andar por estos alrededores, él me dijo: «En todo Cuatro Golpes, incluyendo Paso Diez, Los Tirantes, Rincón del Perro y Palmarito Arriba, el único mecánico de pozos que hay soy yo, que me gradué en la Unión Soviética».

—¿Eso le dijo?

—Sí.

—¿Mecánico de pozos?

—Sí.

—¿Graduado en Rusia?

—Sí. Incluso, creo recordar que también me dijo: «Estoy tramitando una licencia para dedicarme a la compraventa y arreglos de pozos a domicilio».

—Bueno —termina cediendo Pipo—, en ese caso deme unos días para pensarlo...

—¿Si? ¿Y mientras tanto qué agua bebemos?

—Está bien, Arturita..., prepáreme la ropa de vestir. Hoy mismo salgo a resolver el problema del agua.

Tan ensimismado estaba Urbino repasando palabras en su pensamiento y tirando pequeñas piedras al río, que la paloma mensajera estuvo a punto de alzar el vuelo de regreso a Rincón del Perro, sin que él le viera, amarrada en una de las patas, la nota que tantos días había esperado. «Es que apenas se veía, perdóneme usted —quería decirle o hacerle entender a la paloma mientras abría el papel—. Es que no siempre el pensamiento

13

coincide con los buenos augurios, mija —le hubiera dicho para que lo disculpara».

Las manos desesperadas lo traicionaban. Temía se le deshiciera con el sudor aquel pequeño papel antes de leerlo. Al fin logró abrirlo.

«Urbino —leyó Urbino en voz alta, y su propia voz se le parecía a la de Pipo Pérez—, tengo problemas con el pozo. Necesito que venga por acá para negociar. A usted le va a convenir. Hasta más ver. Pipo Pérez».

—Usted ve —le dijo Urbino satisfecho a la paloma—, vuele alto y lindo como nunca, que ya casi tenemos mujer.

—Usted dirá, Pipo Pérez —logró decir Urbino.

La vista se le empezó a nublar y estuvo unos segundos a punto de caer desmayado por el cansancio de catorce quilómetros sin permitirse un minuto para respirar.

—Le vendo el pozo —dijo Pipo tajante—. El único problema es que está seco; pero el brocal, el hueco, y el empedrado del fondo le pueden servir como piezas de repuesto para su negocio.

—¿De qué usted está hablando, Pipo Pérez? —dice Urbino sin reparar en lo descabellado de la propuesta—. ¿Y ustedes de qué agua van a vivir?

—No se preocupe, mijo, que ya yo hice una cisterna... y la pipa de Paso Diez viene y la llena cada tres días. ¡Qué buena es el agua de Paso Diez, Urbino! Yo quisiera que usted viera como ha engordado Arturita. ¿Quiere probar un vaso de agua?

—No —responde Urbino a punto de llorar—. Por favor, dígale a Arturita que necesito verla.

—Bueno —le responde Pipo riendo—, eso va a ser difícil, porque Arturita fue a Paso Diez a conocer a los padres del pipero.

Perro de caza

—Me parece que esta noche vamos a tener la oportunidad de vernos…, y hacer lo que tanto tiempo hace que no hacemos —le dice Urbino a Arturita, que tiende ropas en el patio.

—¿Sí?, no me diga. ¿Y se puede saber dónde?

—Aquí, en su casa.

—Usted se comió un potrero de locos, ¿verdad? ¿Qué le hace pensar que Pipo lo va a dejar venir por la noche? Si para que venga un rato por el día hay que estar inventando mil disimulos.

—Se lo digo porque veo a Pipo limpiando la escopeta…, y si él limpia la escopeta, es que va de cacería… y si va de cacería, usted se queda sola en la casa… y si usted se queda sola en la casa…

—¡Ya, Urbinito!, que me da mareo de tanto juego de palabras. Pipo limpia la escopeta todas las tardes, pero no sale. La última vez que salió a cazar, fue para mis quince, y llegó llorando, tanto así, que suspendimos el cumpleaños. Usted debe recordarlo.

—Claro que me acuerdo —asiente Urbino—. Precisamente, el día anterior, yo le había traído a usted cuatro torcazas para la ensalada fría.

—Ese fue el día que usted se me declaró —dice Arturita con nostalgia.

—Sí —recuerda Urbino—. Al otro día yo hablé con Pipo, allá abajo en el río, para pedirle su mano. Y si no es porque yo estaba del otro lado, detrás de una palma, ahora no estuviera haciendo el cuento, porque me cayó a tiros.

—¿De verdad, Urbinito?

—Usted sabe que yo no digo mentiras.

—Entonces fue por eso que Pipo vino llorando —repara Arturita—, porque no pudo matarlo. Y yo que pensaba que era porque no había cazado nada.

—Lo que no me queda claro es —se cuestiona Urbino— por qué Pipo Pérez no ha vuelto a salir a cazar. Espéreme aquí.

Hace por ir hasta donde está Pipo con la escopeta.

—Oiga, tenga cuidado —le advierte Arturita—. Pipo tiene tremenda puntería. Y hoy se levantó que no hay quién le hable.

—¿Y eso por qué?

—Cada vez que viene la temporada de caza se pone así.

—No se preocupe —le dice Urbino para calmarla.

Urbino se acerca cauteloso a Pipo.

—Dicen que la mejor zona para la cacería es la vega de Los Tirantes —comenta Urbino.

Pipo sigue en lo suyo sin hablar.

—Allí, hace como tres años —insiste Urbino—, para esta misma fecha, cacé una tojosa… de este tamaño.

Urbino intenta representar un tamaño grande con las manos, Pipo lo mira y lo reduce.

—Esta es la mejor luna para la cacería —retoma la conversación Urbino—. Con una luna así, cacé yo, hace cinco años, una torcaza... de este... tamaño.

Vuelve a mirarlo Pipo y reduce el tamaño.

—¿Y la luna suya es de dos cañones o de uno? —le pregunta Pipo burlón—. Porque, hasta donde yo sé, los cazadores cazamos con una escopeta, no con una luna.

—Bueno..., yo realmente cazaba con un tirapiedras —se defiende Urbino.

—¡Oiga eso! —continúa burlón Pipo—, con un tirapiedras no se caza ni un pichón de totí..., y con esos brazos cortos que usted tiene, la piedra no llegaría muy lejos, porque... ¿cómo estiraba la liga?

Pipo ríe a carcajadas de su propia ocurrencia. Urbino está desarmado y serio.

—Pues, mire que sí —miente Urbino—. Ese tirapiedras me lo compré yo una vez que fui a La Habana, en una shopping, y es un tirapiedras de marca.

—¿Un tirapiedras?

—Sí.

—¿En una shopping?

—Sí.

—¿De marca?

—Sí.

Pipo le apunta con la escopeta.

—Vamos para su casa a ver el tirapiedras, degenerao —dice Pipo—. ¡Arriba, andando!

Arturita interviene y se coloca entre ambos.

—Pipo, ¿qué es eso? —grita Arturita asustada.

—¡Apártate, Arturita! —reclama Pipo decidido y Arturita obedece—. Esta va a ser la última mentira que este desgraciado va a decir —a Urbino—. O me enseñas el tirapiedras con la etiqueta, o vas a ser el primer animal que yo mate en esta temporada de caza.

Salen los tres caminando en posición de amenaza.

—Pipo —dice Arturita tres horas después—, ya llevamos diez kilómetros en esta bobería. O baja la escopeta, o le digo a Urbinito que ese tareco no tiene cartuchos.

—¡¿Cómo que no tiene cartuchos?! —logra decir Urbino antes de caer desmayado.

—¡Arturita! —dice Pipo autoritario—. Dele con una piedra en la cabeza para que se recupere del susto y se vaya para la casa.

—¡No! —reacciona Urbino levantándose—. Si ya estoy recuperado.

—Pipo, yo creo que después del susto que el pobre Urbinito ha pasado, lo mejor es llevárnoslo a la casa, para que se acueste un rato —aconseja Arturita.

—¡Que se vaya le he dicho! —le reitera Pipo a Urbino—. Y por mi casa no lo quiero ver de nuevo.

—Bueno —dice Urbino—, yo pensaba llevarle una caja de cartuchos, que eran de mi abuelo, que también tenía una escopeta como esa.

—¿Una caja de cartuchos? —se interesa Pipo.

—Sí.

—¿De su abuelo?

—Sí —reitera Urbino entusiasmado.

—¿Y quién le dijo a usted que yo necesito cartuchos?

—Bueno, por algo usted no sale a cazar desde hace diez años.

—Porque no tengo un buen perro —aclara Pipo—. Cuando yo consiga un perro, vuelvo a cazar. Y ahora piérdase, no vaya a ser que le demuestre que la escopeta sí tiene cartuchos.

Pipo, decidido, vira para la casa.

—Váyase, Urbinito —intenta persuadirlo Arturita—, por lo menos hasta que a Pipo se le pase el berrinche que ha cogido.

—¿Usted sabe lo que se me acaba de ocurrir?

—No, Urbinito, por favor, yo estoy muy cansada. Caramba, usted no escarmienta.

—Si a Pipo Pérez lo que le hace falta es un perro de caza, pues yo le compro un perro perdiguero…, y así cuando él salga por la noche, usted y yo…

—Está bien, Urbinito —termina cediendo Arturita—, pero si algo le sale mal, allá usted con Pipo.

—Todo va a salir bien, ya verá.

«Las noches en Rincón del Perro son más oscuras que en Palmarito Arriba, Los Tirantes, Cuatro

Golpes y todos los confines que circundan a Paso Diez», piensa Urbino mientras se dirige en el burro hasta la casa de Pipo. Por eso su ilusión «es que un día se vayan a vivir allá. Y llevarla al cine y a tomar helados en Las Paragüitas, y sentarse en el parque hasta que se escuchen los campanazos de la Santísima, y las calles se queden desiertas, y llueva, porque en Paso Diez llueve para que los enamorados corran a refugiarse en las escaleras y puedan besarse, y tragarse el futuro con la saliva y las lágrimas».

—¡Arturita! —grita Urbino al llegar al patio—. Salga. Ya Pipo debe andar bien lejos.

—Oiga, ni se le ocurra acercarse —le responde Arturita desde adentro de la casa—. El perro que usted le trajo a Pipo es una fiera.

El perro ladra furioso en la puerta de la casa.

—¿Pero él no se llevó al perro para la cacería? —pregunta Urbino extrañado.

—No, qué va. Dijo que él lo dijo bien claro: «un perro para salir a cazar». Pipo lo quería para que me cuidara mientras él cazaba. Fíjese que no he podido salir al patio desde que él se fue.

—Salga por la puerta de atrás —propone Urbino.

—Pipo la dejó clausurada. Váyase, Urbino, el perro lo está mirando con mala cara. ¡Cuidado, que va para allá!

El perro sale disparado, dispuesto a atacar a Urbino.

Por el camino de Los Tirantes hacia Rincón del Perro va Urbino en su burro con un yeso en un brazo, un ojo vendado y algunos golpes en la cara. Desde Rincón del Perro viene Pipo Pérez en su caballo, y al cruzarse y ver a Urbino en esas condiciones, le dice burlón:

—¿Cómo anda, Urbino? ¿Va para una fiesta de disfraces o ya empezaron los carnavales?

—Es que tuve una bronca en Paso Diez —responde Urbino.

—¿Y con quién fue la bronca, con un payaso? —le dice Pipo sin contener la risa—. Tiene esa cara que no le cabe más colorete.

—Me tuve que fajar con los Núñez, y usted sabe que ellos son como veinte…, menos mal que yo sé algo de kárate.

—Mire para eso —le dice Pipo—. Y yo pensaba que lo único que usted tenía de karateca era la cara redonda.

—Pues sepa usted que le gané la pelea a los veinte —asegura Urbino.

—¿Y dónde están haciendo el velorio?

—¿Qué velorio?

—Bueno —responde Pipo con ironía—, si usted quedó en esas condiciones, y dice que ganó, me imagino que los Núñez deben estar muertos.

Urbino intenta responder, pero Pipo arrea el caballo y sigue su camino riendo a carcajadas.

—Urbinito, pero ¿qué le pasó? —grita Arturita desde la ventana al verlo acercarse por el camino real— ¡Ave María purísima!, parece que le ha pasado una yunta de bueyes por arriba.

—Ninguna yunta de bueyes, Arturita. Esto me lo hizo el perdiguero que le compré a Pipo Pérez, el día que me cayó atrás.

—Se lo dije…, pero usted no escarmienta. Bájese para que se tome un poco de café.

—No, deje —se niega Urbino temeroso—, mejor tráigamelo aquí.

—¡Que se baje le digo! —insiste Arturita.

Urbino se baja del burro, pero al escuchar los ladridos del perro vuelve a montarse.

—El perro está amarrado —asegura Arturita zalamera—, y Pipo fue a Paso Diez a buscar unas medicinas… Yo estoy sola en la casa.

Urbino desearía bajarse, pero está indeciso.

—Bueno, usted se lo pierde —dice Arturita y entra.

Urbino se baja del burro y la sigue.

—¿Usted está segura de que está amarrado? —le dice ansioso.

—¡Sí, Urbinito!, es que Pipo tiene miedo a que un día el perro se aburra de tanta soledad y se vaya a buscar perras a Paso Diez y deje la casa sola. Nada más lo suelta de noche cuando sale a cazar, para que me cuide.

—Se me acaba de ocurrir una idea —dice Urbino.

—No, Urbinito…, por favor.

—Voy a buscar una perra a Paso Diez, y por la noche, cuando Pipo salga de cacería, se la traigo al perro. Mientras ellos resuelven su problema, nosotros resolvemos el nuestro. ¿Qué usted cree?

—Creo que desde que yo lo conozco —responde Arturita con entusiasmo— es la única idea que se le ha ocurrido que vale la pena.

Arturita le brinda el café y lo mira beber en silencio. Después, al retirar la taza, le dice casi en un susurro:

—Y de paso traiga un juego de pilas para el radio…, para oír el programa Nocturno juntos.

Urbino se monta en el burro y se va ilusionado.

«¿Qué le habrá pasado a Pipo que no ha regresado? —piensa Arturita mirando con preocupación desde la ventana—. Capaz que se encuentre con Urbino por el camino y se forme la mundial».

Escucha pasos de caballo y ve llegar a Pipo.

—Caramba, Pipo —le reclama Arturita—, me tenía con un salto en el estómago…, pensé que le había pasado algo.

—¿Qué me va a pasar? —responde Pipo y le da un paquete—. Mire, ahí tiene un juego de pilas que le mandó Urbino.

—¿Y dónde usted vio a Urbinito, Pipo?

—¿Dónde va a ser?, en Paso Diez, en el hospital, ingresado. Lo mordió la perra de los García.

Arturita intenta decir alguna cosa, pero no encuentra las palabras.

—Lo que se dice en todo Paso Diez —dice Pipo a modo de intriga— es que…, parece que Urbino estaba en alguna inmoralidad con la perra, porque la perra de los García está en celo. ¡Y así usted quería casarse con ese degenerao!

Desde que Urbino llegó y se sentó en el portal, Arturita ha estado jugando con el perro sin prestarle la atención habitual. Ella se ha dado cuenta de que a él no le agrada mucho semejante afinidad, y para fastidiarlo un poco se excede en mimos y juegos con el perro.

—Creo que mejor vengo en otro momento —dice Urbino poniéndose de pie.

—Oiga, Urbinito, siéntese y déjese de boberías. ¿Cómo usted va a estar celoso de un perro? Yo lo único que hago es bañarlo, acariciarlo, darle la comida…

—Celoso no, Arturita. Yo maldigo mil veces la hora que le conseguí ese perro a Pipo Pérez.

—Bueno, la verdad que sí, porque Pipo le ha dado tanto entrenamiento al perro para que me cuide que ahora es peor, porque está arriba de mí todo el tiempo, no me pierde ni pie ni pisada.

—Pues como Pipo quiere el perro para que la cuide a usted, lo que podemos hacer es soltar al perro para que se vaya para Paso Diez, donde lo compré.

—¿Sí?, no me diga. Y cuando Pipo no vea al perro, ¿qué le digo?

—No se va a dar cuenta. Yo me disfrazo de perro, y cuando Pipo salga a cazar, nos quedamos usted y yo juntos.

—Oiga, Urbinito, Pipo es bruto, pero no bobo.

—Yo tengo una prima en Paso Diez que se dedica a hacer maquillaje para quinces y bodas. Le digo que me haga un maquillaje de perro, y ya está.

—Conmigo no cuente. Una cosa es maquillar a una muchacha para que se vea más bonita, y otra cosa es convertirlo a usted en perro.

—Confíe en mí, Arturita. Usted verá que voy a quedar igualito al perro. Fíjese que una vez para fin de año nosotros no teníamos nada que comer, y mi prima maquilló una cena con puerco asado, congrí y yuca. Además de comer todo el barrio, aquello quedó como para chuparse los dedos.

—Está bien, Urbinito..., pero apúrese, antes de que llegue Pipo del potrero.

—¿Cómo me veo, Arturita? —dice Urbino llegando disfrazado.

—La verdad es que su prima lo dejó igualito—le responde Arturita asombrada—. Acuérdese, cuando llegue Pipo no puede hablar.

—Venga acá, ¿y por qué usted no me da un bañito, para que Pipo me encuentre limpio? Además, para cuando él se vaya a cazar, tener algo adelantado.

—Urbinito, compórtese, porque voy y lo amarro por allá atrás por el corral.

—Esta va a ser una noche inolvidable, Arturita. Me parece que a partir de esta noche mi vida va a cambiar.

—¡Cállese! Por ahí viene Pipo —le advierte Arturita.

Entra Pipo apresurado, con un bulto en una bolsa.

—La veo muy encariñada con el perro —dice, antes de entrar a la casa—, cualquiera diría que se conocen desde hace tiempo. Mira, Campeón, lo que te traje —le dice al perro, y le enseña un hueso dentro de la bolsa.

Pipo entra para la casa.

—Arturita —dice Urbino entre dientes—, no permita que Pipo me obligue a comer. Sabe Dios de dónde salieron esos huesos.

—No, Pipo, no le dé comida, ya él comió. Además, parece que se siente mal del estómago.

—¡Arturita! —grita Pipo saliendo de la casa—. No se meta en las conversaciones entre Campeón y yo. Lo mejor que hay para el estómago de los perros es el hueso. Toma, Campeón…, estos huesos se los quité a unas tiñosas por allá abajo por el río. ¡Cómaselos, que ya casi se están echando a perder!

Se los da y Urbino solo los huele. Urbino aprovecha que Pipo vuelve a entrar y tira bien lejos algún hueso mientras le implora a Arturita.

—Arturita, sácame de aquí, por favor.

—A ver, Pipo…, vamos a soltarlo, en un final, ya usted se va de cacería.

—No. No me lo suelte —grita Pipo desde adentro—, después que se coma los huesos voy a desparasitarlo.

Sale Pipo con una jeringuilla inmensa. Urbino empieza a ladrar temeroso.

—No tengas miedo, Campeón, que no te va a doler —lo calma Pipo.

—Pipo..., pobrecito, inyéctelo mañana, cuando usted venga de la cacería.

—¡Arturita!, ponga el mosquitero y váyase a dormir. Además, hoy no voy a salir de cacería.

Arturita entra. Pipo empieza a pasarle la mano a Urbino aguantándolo con fuerza.

—Tengo que desparasitarte hoy, Campeón —le dice—, porque voy a aprovechar que esta noche entra la luna nueva para caparte.

Urbino empieza a gritar como un perro golpeado. Logra soltarse de las manos de Pipo y sale corriendo. Pipo corre detrás de Urbino mientras Arturita los mira desde la ventana.

El circo

Desde el mediodía, Arturita ha estado vigilante al camino y Pipo la ha observado sin hacer comentarios. Cuando el deseo de fastidiarla se le hace más fuerte que el de hacer silencio, comenta entre risas:

—Parece que hoy también tendremos la satisfacción de no ver a Urbino.

—Mire, Pipo —se desahoga Arturita—, ya usted me tiene medio cansada con la risita esa. Quién sabe si al pobre Urbinito le ha pasado algo malo.

—Quizás se atragantó con un boniato, o le cayeron a golpes en Paso Diez por mentiroso —vuelve a reír Pipo.

—Mejor me voy para adentro, antes de que me dé por faltarle el respeto.

Entra Arturita, y Pipo se queda tarareando una vieja tonada campesina. Llega Urbino haciendo malabares con unas peloticas de goma.

—Buenas tardes, Pipo Pérez.

—Caramba, Urbino. Hacía días que no nos daba el disgusto de verlo por aquí. No me diga que, gracias a Dios, estaba enfermo.

—Es que estoy haciendo los trámites a ver si empiezo a trabajar en un circo que van a inaugurar en Paso Diez.

—¿Y hay tanta escasez de animales que le dieron trabajo a usted? —dice Pipo entre risas.

—No, el trabajo mío será de artista, haciendo malabares.

—¿Y quién se va a gastar el dinero en ir a verlo? —vuelve a reír Pipo—. Para eso me quedo mirando los guanajos que tengo en el corral. ¡Arturita!, ven a saludar a «La Fiera de Urbino».

—Buenos días, Urbinito. Ya nos tenía preocupados.

—Aproveche y mírelo ahora, antes de que se meta a artista —sugiere Pipo irónico—, no vaya a ser que después no nos conozca.

—¿Por qué Pipo dice eso? —pregunta Arturita asustada—. ¿Usted se va a hacer novelas para La Habana?

—No —le aclara Urbino—. Es que en Paso Diez van a montar un circo, y están haciendo las pruebas. Ayer tuve que comerme un cubo de candela.

—Candela viene comiendo usted hace años —dice Pipo, sin poder contener la carcajada.

Urbino no le presta atención a las palabras de Pipo, pues su interés es impresionar a Arturita.

—Mañana tengo que tragarme estas tres pelotas en un número de magia —le comenta con entusiasmo.

—Pues vaya dejando un poco de aceite del que le den este mes, para que se haga un purgante —dice Pipo—, no vaya a ser que a esas pelotas les dé por inflarse en el estómago y en la primera ventolera vaya a caer a Jamaica.

—No, Pipo —aclara Arturita—, eso se hace con trucos.

—¿Sí?¿Y cuál es el truco? A ver, explíquelo.

—Él no se lo puede decir, porque eso es un secreto de los magos. Yo lo oí en el radio. ¿Verdad, Urbinito?

—Así mismo es —confirma Urbino.

—Venga acá, Urbinito —se interesa Arturita—, ¿y en ese circo aceptan mujeres?

—Sí. Andan buscando una muchacha para que trabaje con el mago. Es un número donde el mago hace un truco, y parece que le corta la cabeza.

—¡Ay, qué lindo! —se emociona Arturita—. Pipo, ¿usted cree que yo...?

—¡Arturita! Entre para el cuarto, no vaya a ser que yo se la corte de verdad.

Arturita entra para la casa asustada.

—Venga acá, Urbino, ¿y a quién le piensa dejar el burro cuando se vaya a recorrer el mundo y a hacerse famoso?

—El burro se va conmigo, a trabajar en el circo también. Así gano más, porque me pagan por mí y por el burro.

—Ah, porque el burro también va a ser artista —insinúa Pipo burlón—. ¡Arturita! Venga, para que el burro de Urbino le dé un autógrafo.

—¿De verdad, Urbinito, va a meter a Manolito al circo? —sale preguntando Arturita.

—Sí, mañana tengo que llevar una autobiografía del burro, y dos fotos tipo carné.

—Dime tú…, hasta los burros trabajan, y yo metida en la casa. A veces quisiera desaparecerme.

—¡Arturita! —concluye Pipo poniéndose de pie, amenazante—, métase en el cuarto hasta que yo me acuerde, y ponga el mosquitero, que vamos a dormir. Y usted, Urbino, diga *Abracadabra*, y desaparezca de mi presencia antes de que me imagine que es un conejo de magia y me lo coma vivo por pamplinoso.

Soltería

Pipo Pérez se ha pasado la mañana sacando cuentas en una libreta. Por momentos va a la cocina, revisa los víveres y vuelve a los números. Al fondo del patio, bajo los árboles, Arturita y Urbino conversan.

—Con la idea que se me acaba de ocurrir —le comenta Urbino a Arturita—, usted verá que hoy sí vamos a convencer a Pipo Pérez de que debemos casarnos.

—Perdóneme que dude, Urbinito, pero usted siempre trae un invento nuevo y ninguno le ha funcionado.

—Confíe en mí —insiste Urbino—, le vamos a dar a Pipo Pérez por su parte más débil: la tacañería.

—Está bien, Urbinito —dice Arturita resignada—. A ver, ¿qué tengo que hacer?

—Pregúnteme, en voz alta, si mi tía se casó.

—¿Entonces la tía suya se casó? —pregunta ella.

—Sí, la boda quedó de lo más bonita.

—¿Cual tía suya es esa que malgasta el dinero en una boda? —se interesa Pipo.

—Evarista, la hija mayor de mi abuela Márgara —responde Urbino.

—¿Cuál Márgara?

—La mujer de Xiomaro, el que administraba la bodega en Paso Diez.

—Ah, sí —recuerda Pipo—, ese descarao me quedó debiendo un vuelto de siete centavos en la zafra del setenta.

—¿Y hubo fuegos artificiales y canturía?— pregunta Arturita siguiendo el juego.

—De todo hubo —dice Urbino—. Llenamos una yunta de bueyes de globos, y montamos los novios atrás en la carreta.

—Así quiero yo una boda —comenta Arturita—. Y me gustaría casarme a principio de mes, para que puedan tirarme arroz.

—¡Arturita! —grita Pipo—. Vaya para allá adentro, hasta que yo me acuerde.

—Espérese, Pipo, déjeme enterarme cómo fue la boda de Evarista. Usted con sus preguntas no deja a uno conversar.

—¿Qué boda de qué? Eso es mentira de Urbino. ¿Quién se va a casar con Evarista? Evarista es una de las mujeres más feas de Los Tirantes y sus alrededores.

—Pues mire, que sí se casó —asegura Urbino—. Toda la familia de nosotros hizo un aporte: Esmerildo dio una vaca, yo di un pedazo del potrero, un primo mío dio tres ovejas y así sucesivamente fuimos ajuntando cosas, hasta completar todo lo que pidió el novio por dar la firma.

—¿Y tan fea estaba la tía suya?—pregunta Arturita extrañada.

—Imagínese, nada más se le pudieron hacer dos fotos —responde Urbino—. Una en el espejo, de espaldas, lógicamente, con el espejo tapado con una sábana, y la otra detrás del tanque del agua.

—¿Y por qué no le hicieron una dormida en la cama, y el novio despertándola? —se interesa Arturita.

—Porque no, Arturita —dice Pipo molesto—, para qué gastar dinero en una gente tan fea.

—Quisimos hacerla —aclara Urbino—, pero cuando se durmió, el novio dijo que al que la despertara le entraba a planazos.

—Pobrecita… ¿y a quién salió tan fea? —pregunta Arturita.

—¿A quién va a salir? —le responde Pipo entre risas—. Mírele la cara a Urbino, y es como si estuviera mirando a la tía.

—Tampoco así, Pipo Pérez —dice Urbino—. A mí todo el mundo me dice que yo soy muy bien parecido.

—Sí, mijo —dice Pipo riendo—, muy bien parecido a su tía.

Pipo ríe con gusto y Urbino se separa con los ánimos caídos.

—Usted ve —le dice Arturita acercándose—, Pipo siempre se sale con la suya…, yo no sé para qué usted ha armado toda la jerigonza esa de la boda de su tía.

—Ahora pregúnteme por qué hicimos ese gasto.

—¿Para qué?

—Para asustar a Pipo Pérez —le dice Urbino—. Confíe en mí. Usted verá como muerde el anzuelo.

—¿Y por qué ustedes hicieron ese gasto para casar a Evarista, Urbinito?

—Verdad que sí —apoya Pipo todavía riendo—, hubiera sido mejor que se quedara soltera.

—El problema —le responde Urbino a Arturita— es que para este año aprobaron una ley en Paso Diez: que las mujeres de más de veinte años que no estén casadas, a los padres le ponen una multa de mil quinientos pesos.

—¿De verdad, Urbinito? —pregunta Arturita.

—Usted sabe que yo no digo mentiras —le responde Urbino.

—¡Arturita! —reacciona Pipo asustado—. Prepare condiciones para que mañana se case con el primer hombre que aparezca. Y póngale el mosquitero a la cama, que voy a dormir.

Pipo entra para la casa.

—Usted ve, se lo creyó —le dice Urbino a Arturita—, ahora yo me levanto temprano y vengo para ser el primero en llegar.

Al día siguiente, cuando llega Urbino a la casa de Pipo, solo encuentra una nota pegada a la puerta de entrada.

«Urbinito —lee Urbino—, corra y rescáteme. Pipo se asustó tanto con el problema de la multa de mil quinientos pesos, que arrancó esta misma noche, y me llevó hasta Paso Diez a buscarme un hombre para casarme. Te quiere, tu Arturita».

Urbino se monta en el burro y sale gritando:

—¡Arturitaaa!

Evacuado

Urbino trata de besar a Arturita, pero ella se aparta para evitar que Pipo los sorprenda.

—Un día me voy a cansar, y me voy a buscar otra novia —amenaza Urbino.

—¿Dónde? —responde ella confiada—, si la única mujer que hay por todo esto, a veinte kilómetros a la redonda, soy yo.

—Verdad que sí —repara Urbino—. Bueno…, vendo el burro y me voy para… para el pueblo, y me caso por allá.

—¡Fíjese lo que voy a decirle —le aclara Arturita—: usted no me puede cambiar por una poblana! Las mujeres de la ciudad no saben hervir la ropa ni le van a tener las guayaberas almidonadas…, y se pasan el día de fiesta en fiesta. Además, ¿dónde usted va a trabajar?

—Cantando décimas en una discoteca —asegura Urbino.

—No sea desesperado, Urbinito —lo calma Arturita—, quizás en el mes de octubre, pasa algún ciclón por aquí y nos mandan para el mismo centro de evacuación, y entre el bullicio de la gente buscamos la oportunidad y nos besamos… y todo lo demás.

—¡Usted se imagina esperar hasta octubre, Arturita! —dice Urbino impaciente—. ¿Y por qué no le decimos a Pipo Pérez que viene un ciclón para acá y que necesito evacuarme aquí en su casa? Así por la noche, cuando Pipo se duerma, nosotros...

—¿Usted cree que Pipo es bobo, Urbinito? En febrero no hay ciclones. ¿Y cuando ponga el radio y no digan nada de un ciclón?

—Confíe en mí —propone Urbino—. Escóndale las pilas al radio. Yo voy a traer un amigo de Paso Diez como testigo de que anda un ciclón.

Pipo Pérez, sentado en un taburete, afila el machete. Arturita, muy cerca, riega unas plantas sembradas en macetas de barro.

—Desde esta mañana tengo un dolor en los huesos... —comenta Arturita—. Y andan una cantidad de hormigas de arriba para abajo, parece que va a llover.

—¿Usted es boba, Arturita? —dice Pipo—, ¿de dónde va a caer el agua si no hay ni una nube?

—Bueno, quién sabe —insiste Arturita—, quizás anda un huracán y estamos dentro del ojo.

Entra Urbino muy aprisa, con capa y fingiendo estar asustado. Lo acompaña otro hombre que se queda en el caballo.

—Oiga, Pipo, el delegado
de la zona me mandó,
para informarle que yo
tengo que ser evacuado.

Es que la radio ha anunciado
que viene un ciclón inmenso,
y allá en mi casa, indefenso,
no me puedo guarecer,
¡si es que quiero aparecer
vivo en el próximo censo!

—¿De verdad, Urbinito? —pregunta Arturita.
Urbino y el hombre del caballo asienten. Responde Pipo:

—Esperemos que el ciclón
no sea tan extraordinario,
y tal vez no es necesario,
Urbino, su evacuación.
Comprenda mi situación:
esta casa es muy chiquita:
un cuarto y una camita
donde se duerme apretado.
¿Si yo acepto a un evacuado,
a dónde duerme Arturita?

—Bueno, Pipo —intercede Arturita—, tendremos
que buscar una solución, porque peor es que, por
no apretarnos un poco, tengamos que lamentar
la pérdida de un ser humano.
  —¡Arturita! —grita Pipo—. ¡No meta la cuchareta! Deje a Urbino que prosiga con el parte
meteorológico.
  Urbino exagera:

—Es un tremendo ciclón,
con un récord en tamaño,

que le viene haciendo daño
a toda nuestra región.
Dicen que tumbó un avión,
un cohete y zepelín,
que con su fuerza sin fin,
dejó a Colombia confuso,
y que a Jamaica la puso
en la bahía de Holguín.

—¿De verdad, Urbinito? —vuelve a preguntar Arturita.

—¡Arturita!, váyase para adentro a preparar el mosquitero —ordena Pipo poniéndole el brazo en el hombro al pretendiente de su hija—, vamos a evacuar a Urbino. No faltaba más, en una situación así hay que dar el paso al frente. A partir de este momento considérese evacuado.

Sale Pipo para el patio y agarra las bridas del caballo.

—Y usted también —le dice al jinete—, bájese. Donde caben tres, caben cuatro.

—No, él no —aclara Urbino—, él vive en Paso Diez, y tiene una casa segura, de mampostería. Fíjese que en la casa de él evacuaron un poco de gente. Él no tiene problemas.

—Entonces, si la cosa es así —concluye Pipo—, Arturita se va con el muchacho, para que esté más segura, y nosotros nos quedamos aquí mientras pasa el temporal. ¡Arriba, Arturita!

Arturita obedece y se monta en el caballo. Urbino empieza a llorar. Pipo le dice a su hija y al desconocido:

—Y díganle al delegado,
si lo ven por el camino,
que no hay problemas, a Urbino,
ya yo lo tengo evacuado.
Que duerma despreocupado
que aquí no habrá ningún mal,
pues durante el temporal
yo meteré en la cocina
a la puerca, a la gallina,
y él dormirá en el corral.

La cuchufleta

—¿Y dan muchos programas bonitos en el televisor de su tía Evarista? —le pregunta Arturita a Urbino con la pretensión de que Pipo escuche.

—Para todos los gustos —responde Urbino—. El desarrollo no puede negarse, Arturita…, a uno se le abren las entendederas.

—¿Y cómo se las arreglan en casa de Evarista para ver la televisión? —se interesa Pipo—. Que yo sepa, en Los Tirantes, donde ella vive, todavía no han puesto la corriente eléctrica.

—Ella se compró una cuchufleta —le aclara Urbino.

—¿Una cuchufleta? —pregunta Arturita.

—Sí —responde Urbino—, es un aparato que genera la electricidad a partir de los excrementos de la vaca.

—No me imagino a la vaca —dice Pipo entre risas— con el aparato ese enganchado ahí atrás, el televisor en el lomo y una antena amarrada en los tarros…, y Evarista, potrero arriba y potrero abajo, esperando que la vaca haga sus necesidades para ver la pelota.

—Pipo, no se haga el gracioso —dice Arturita—, yo oí por el radio que están logrando corriente eléctrica con formas alternativas.

—En la cuchufleta de tía Evarista —reitera Urbino— la corriente se genera por el gas que produce el excremento de vaca cuando ya está seco.

—Entonces —prosigue Pipo burlón—, si a la vaca le da por hacer la necesidad en el noveno *inning*, y el juego está empatado, ¿hay que esperar que se seque la mierda para decidir el juego?

—La verdad que yo cada día lo veo a usted más bruto, Pipo —se lamenta Arturita—. Mejor deberíamos pensar en comprar una cuchufleta, para ver si también nosotros salimos del subdesarrollo.

—Bueno —se adelanta Urbino—, disculpen que me meta, pero yo sé quién las hace.

—Ni te embulles, Arturita —advierte Pipo—, que con esta sequía, lo que da la vaca del cuerpo no va a alcanzar ni para ver el parte meteorológico.

—La ventaja que tiene la cuchufleta de tía Evarista —aclara Urbino— es que cuando falta el excremento se genera la corriente mediante un dinamo y una manigueta.

—¿Mediante un dinamo? —se interesa Pipo.

—Sí —confirma Urbino.

—¿Dando manigueta?

—Sí.

—¿Entonces lo va a comprar, Pipo? —pregunta ilusionada Arturita.

—No —responde Pipo y entra para la casa—. ¿Para qué quiero yo ese aparato si no tenemos televisor?

Se queda escuchando detrás de la puerta sin ser visto.

—Dígale que usted compra el televisor —le pide Arturita a Urbino en voz baja.

—¿Yo? No, Arturita. Con el precio que tienen los televisores en la *shopping* de Paso Diez tengo que vender las cuatro yuntas de bueyes, la mitad de la finca y posiblemente hasta el brocal del pozo.

—Bueno, esa es la única forma de que Pipo se entretenga en algo. ¿Usted se imagina que se envicie con la novela? En ese tiempo nosotros aprovechamos y…

—Yo puedo comprar el televisor, Pipo —dice Urbino decidido en alta voz—, y usted nada más tiene que comprar la cuchufleta.

—¿Y cuánto vale el aparato ese? —pregunta Pipo interesado saliendo de la casa.

—Trescientos pesos —responde Urbino.

—Trato hecho —acepta Pipo—. Dígale al que los hace que venga mañana temprano, que yo le voy a dar ciento cincuenta pesos, y usted vaya a comprarnos el televisor antes de que se acaben.

Al otro día llega Urbino con un televisor en el hombro.

—Mire, Arturita, aparte de lo que le dije que tenía que vender —se lamenta Urbino casi llorando—, también tuve que vender a Manolito para completar el dinero del televisor.

—¡Ay, Urbinito! —dice Arturita sin poder contener las lágrimas—. Tengo una cosa por dentro que no sé si llorar o alegrarme.

—¡Arturita! —grita Pipo saliendo del cuarto—, tráigale un vaso de agua a Urbino para celebrar el acontecimiento. A ver, Urbino, instale el televisor, que quiero ver la pelota.

—Bueno…, lo primero es esperar que traigan la cuchufleta —aclara Urbino.

—Ya la cuchufleta está aquí…, mire para allá.

Urbino mira y, en efecto, Pipo había cumplido con la palabra empeñada.

—Pues apenas la vaca haga su necesidad, lo conectamos —dice Urbino contento.

—¡Ay..!, ¡ay..!, ¡la vaca..! —grita Arturita desconsoladamente entrando para la casa.

—¡Arturita! Déjese de sentimentalismo —la regaña Pipo—, que si no vendíamos la vaca, ¿cómo íbamos a comprar la cuchufleta?

—¿Qué usted está diciendo, Pipo? —se interesa Urbino—. Pero…, si vendió la vaca, ¿cómo va a ver la televisión?

—¿Usted no dice que el dinamo funciona volteando la manigueta? —pregunta Pipo.

—Sí —confirma Urbino—, pero usted no se va a pasar todo el tiempo dándole manigueta al dinamo.

—No, yo no —aclara Pipo y agarra la escopeta—. El que le metió esa idea a la niña en la cabeza fue usted, así que no se haga el desentendido y empiece a dar manigueta, que hoy pienso ver hasta las películas.

El ternero

Pipo Pérez salió desde temprano hacia el potrero y ahora llega a la casa muy triste. Arturita se da cuenta y se le sienta al lado curiosa.

—¿Qué dijo el veterinario?

—Que no hay solución, mija —responde Pipo—. Parece que, durante el parto, se le estropearon los tendones de las patas de atrás.

—¿Entonces no va a poder caminar más nunca?

—No.

—Bueno, pero no se ponga triste —lo consuela Arturita—. A ver, dígame la buena noticia que me prometió antes de irse.

—Es que…ese ternero yo lo quería para ajuntarlo con Grano de Oro y hacer una yunta, y venderla, para cuando usted se case disponga de algún dinero.

—Ah, Pipo, pero no se preocupe, yo no necesito dinero para casarme.

—No hay más nada que hablar —dice Pipo poniéndose de pie y entrando para la casa—, por ahora no se puede casar.

—Pipo, entienda —trata de convencerlo Arturita siguiéndolo—, para mí lo más importante es el amor.

Llega Urbino y, al acercarse a la casa, escucha la discusión sin ser visto.

—No me vuelvas a insistir,
Arturita, te lo digo,
pues mientras yo siga vivo,
así no te dejo ir.
Nunca voy a permitir
que te vayas sin dinero.
Si acaso vendo el ternero
en mil doscientos; tal vez,
es que yo la dejaré
casarse…, no hay desespero.

Urbino piensa:

«¿De dónde saco dinero
para yo venir mañana?
Aunque si vendo la cama
puedo comprar el ternero.
La mesa, y hasta el potrero,
también los puedo vender.
Y después se puede hacer,
mesa y cama más bonita,
cuando ya yo y Arturita,
seamos marido y mujer».

Urbino se va corriendo a vender todas sus propiedades para poder cumplir sus sueños.

Al día siguiente, desde bien temprano, anda Pipo por toda la casa y Arturita detrás implorando.

—Arturita, hágame el favor y cállese. Desde ayer no ha parado de hablar. Ya le dije: hay que vender el ternero.

Arturita le responde:

—Usted no me va a engañar:
ese ternero no vale
ni siquiera cuatro reales
pues no puede caminar.
¿Pa qué lo van a comprar?
¿Quién rayos lo va a querer,
si no puede trabajar
ni se lo pueden comer?

Llega Urbino. En sus ojos hay síntomas de una noche sin haber dormido; y en el semblante las marcas inequívocas de un hombre cansado que debió caminar muchos kilómetros para venderlo todo.

—Buenos días, Pipo Pérez.

—Buenos días —le responde Pipo—. Pase y siéntese. ¿Qué lo trae tan temprano por aquí? ¡Arturita!, bríndele café a Urbino.

Arturita entra a buscar el café.

—Es que... ando desde hace una semana tratando de comprar un ternero —responde Urbino—, y no hay manera de que lo encuentre, y eso que estoy dando mil doscientos pesos.

—Bueno, yo tengo uno ahí que, por ser a usted, se lo dejo en ese precio —le propone Pipo.

—Pues no hay nada más que hablar —dice Urbino, y le da el dinero.

—¡Arturita! —grita Pipo—, prepare condiciones para que se case.

—¡¿De verdad, Pipo?! —pregunta Arturita.

Arturita abraza a Pipo, llorando de alegría. Luego a Urbino, mientras lo conmina.

—Dele, Urbinito, pida mi mano en casamiento.

—Yo quería aprovechar esta oportunidad —le dice Urbino nervioso a Pipo.

—Está bien —lo interrumpe Pipo—, por mí no hay problemas. La única condición es que la niña no pase trabajo.

—Pierda cuidado, Pipo Pérez. Yo... —apenas alcanza a decir Urbino.

—¡Arturita! —grita Pipo, empujando a Urbino hacia el camino—, vaya preparando las cosas, mientras yo voy a casa de Urbino a ver las condiciones en las que usted va a vivir. De paso, deme el mosquitero para probárselo a la cama, a ver si le sirve. Y también el mantel de la mesa, porque mi hija tiene que vivir como una reina. Esas son mis únicas condiciones. Ah, también me tiene que enseñar los potreros y las cabezas de ganado.

Se van apresuradamente. Urbino mira para atrás con tristeza.

Guanajo en ceba

Urbino y Arturita conversan muy románticos, escondidos detrás de un matorral.

—Entonces, ¿la que lo crió a usted fue Evarista?

—Esa misma —responde Urbino.

—¿A la que le dio rabia el año pasado y tuvieron que gastar un dineral llevándola a La Habana?

—Sí.

—¿Y Evarista fue la que mordió a los tres hijos de Ismael, que pasaron por aquí volados en fiebre y delirando: «Hay perro y muerde», «Cuidao con el perro que muerde callao»?

—No, la que mordió a esos muchachos fue Olegaria, mi otra tía, el día que reventó la soga y se soltó.

—¿Y por qué la tenían amarrada echando a perder una soga, con lo caras que están? —pregunta Arturita.

—Es que cuando ella está recién parida —responde Urbino—, ni el marido puede acercarse a la casa.

—¿De verdad, Urbinito?

—Usted sabe que yo no digo mentiras.

—¡Ay, Urbino, qué familia más linda usted tiene! —dice Arturita emocionada—. Aquí me pasara los días enteros escuchando esas historias.

—Pero eso tiene solución —sugiere Urbino.

—¿Sí? ¿Cómo? ¡No sea guanajo, Urbinito! Si Pipo se entera de que nos estamos viendo aquí, no se sabe lo que pueda ocurrir.

—Esa pudiera ser la solución —le propone Urbino—: yo hacerme pasar por un guanajo. Usted me trae el almuerzo y la comida todos los días, y yo de aquí no me muevo.

—Y si Pipo se da cuenta de que estoy sacando comida, ¿qué le digo?

—Que es un guanajo que usted está engordando para comprarse algo.

—¿Y si no me cree?

—Usted grita: ¡Guanajo!, bien alto, y yo hago como un guanajo.

—Está bien Urbinito, como usted diga —acepta Arturita—, pero si pasa algo, aténgase a las consecuencias.

Pipo limpia la escopeta y canta alguna tonada. Sale Arturita de la casa con unas cantinas en la mano.

—Pipo, ya el almuerzo está servido.

—¿Qué tenemos de almuerzo?

—Huevo hervido, y agua con azúcar —responde Arturita apurada—. Si usted no fuera tan agarrado con el dinero, pudiéramos tener mejor comida. Ahora vengo para acá.

—¿Y se puede saber para dónde va?

51

—A echarle comida al guanajo.

—¿Al guanajo? —pregunta Pipo dudoso.

—Sí.

—¿A echarle comida?

—Sí.

—¿Y por qué el guanajo no viene a comer con los demás animales? —insiste Pipo—. ¿Qué se ha creído ese guanajo?

—Es que… yo lo tengo trancado… para engordarlo y venderlo… y comprarme un juego de pilas para el radio. Como ya usted no me da dinero… —trata de convencerlo Arturita.

—¿Un juego de pilas? —pregunta Pipo.

—Sí.

—¿Para el radio?

—Sí, Pipo. ¿Puedo ir? —implora Arturita.

—¡No!

Arturita se sienta y empieza a protestar molesta.

—Parece mentira —dice en voz alta, para que Urbino escuche— que ni un guanajo pueda yo tener en esta casa.

Se escucha a Urbino cuando imita el sonido de un guanajo. Pipo Pérez mira para el lugar.

—¿Y cuántas libras tiene ya ese guanajo? —pregunta Pipo.

—Ah, qué se yo…, como treinta —responde Arturita.

—¿Y a cómo está la libra de guanajo en pie?

—No sé, Pipo —dice Arturita molesta—, el que me dé tres juegos de pilas, se lo lleva.

Pipo apunta con la escopeta para el matorral.

—Pues a comer fricasé de guanajo se ha dicho —dice Pipo disparando.

—¡Nooo! —grita Arturita.

Sale Urbino corriendo desesperado del matorral.

—Párate ahí, cacho de ladrón, porque te mato —grita Pipo persiguiéndolo— ¡Arturita! Busca la otra escopeta y dispara, que nos llevan el guanajo.

Custodio

Pipo Pérez tararea una tonada espirituana mientras corta leña de un árbol seco en el patio. Llega Urbino vestido de verde, con papeles en el bolsillo y una carpeta al estilo de un funcionario.

—Buenos días, Pipo Pérez —saluda Urbino efusivo—. Disculpe que moleste tan temprano, pero como iba pasando y lo vi levantado, me dije: quizás ya Arturita coló el café.

—No —responde Pipo, contrariado por la imagen poco usual de Urbino—. Pero siéntese. ¡Arturita!, salga del mosquitero para que le haga café a Urbino ¿Y se puede saber qué hace usted tan temprano por la zona?

—Es que estoy trabajando de jefe de los custodios en la Granja Avícola de Paso Diez.

—¿De verdad, Urbinito? —pregunta Arturita, asomándose por la ventana—. ¡Ay, pero si hasta se le ve más importante!

—Así es —apoya Pipo—. Quién iba a decir que usted llegaría tan lejos.

—Es un trabajo de mucha responsabilidad, porque tengo que velar por el orden, dentro y fuera del centro de trabajo. Y sobre todo, estar muy al tanto de lo que dice la gente.

—Venga acá, Urbinito —se interesa Arturita—. ¿Y esa granja no la habían cerrado porque no cumplía el plan desde la zafra del setenta?

—¡Arturita! Cállese la boca y termine de colar el café —dice Pipo preocupado por el comentario—. No le haga caso, Urbino, esas cosas ella aquí no las oye.

—Aunque, bueno —insiste Arturita, trayendo el café—, es como dice Pipo: si por eso fuera, habría que cerrar el mar, porque el plan de pescado tampoco se cumple.

—¡Arturita! Déjese de hablar esas barbaridades, que yo nunca he dicho eso. Urbino, con su permiso, voy a cambiarme de ropa. Hoy debo recoger unos quintales de calabaza para cumplir con el plan que tengo con la empresa de acopio.

Entra Pipo para la casa.

—Me parece que el tipo mordió el anzuelo —le dice Urbino a Arturita con alegría.

—¡Ay, Urbinito!, yo tengo miedo, ¿y si se da cuenta de que esto es otro de sus inventos? ¿Cómo resolvió esa ropa?

Sale Pipo con el machete y un saco. Urbino cambia la conversación con Arturita.

—...entonces, los agarré en esa gracia y los metí presos.

—¡Así es como se hace! —apoya Pipo, adulón—. Usted tiene que cumplir con lo que le corresponde.

—¿Y fue muy complicado el operativo, Urbinito? —se interesa Arturita.

—Mucho —responde Urbino—. El caso es que, desde hacía cinco años, las tres naves donde estaban las gallinas ponedoras no estaban produciendo pollitos al ritmo que se requería.

—¿Y a qué se debía tal fenómeno? —pregunta Pipo.

—A que las gallinas se quedaban echadas —aclara Urbino—, pero cuatro trabajadores, en contubernio, le cambiaban los huevos y le ponían huevos de tortuga, que da más negocio que la carne de pollo…, pero usted sabe la calma que se mandan las tortuguitas para salir del huevo. Por eso era que no se cumplía el plan de pollos para la población.

—¿De verdad, Urbinito? —interrumpe Arturita.

—¡Arturita! —la regaña Pipo—. Claro que es verdad, ¿cuándo Urbino ha dicho una mentira? Es más, prepárele el mosquitero para que se recueste un rato y se recupere del cansancio del operativo.

Arturita hace por ir a cumplir la orden. Llega Prudencio. Urbino y Arturita se quedan atónitos.

—Disculpen la interrupción —dice Prudencio apenado—. Buenos días.

—Buenos días —responde Pipo.

—Mijo —le dice Prudencio a Urbino—, hace falta que te apures, que tengo que empezar a trabajar.

—¿Y usted quién es? —pregunta Pipo de mala gana.

—Yo soy Prudencio. Trabajo de custodio allá en la pollera de Paso Diez, y ya me toca entrar. Dale, Urbino, apúrate.

—¿Pero qué formas son esas de tratar a un superior? —le reclama Pipo a Prudencio.

—Pipo —intercede Arturita, tratando de llevárselo por la mano—, vamos para allá adentro, esto no es problema de nosotros.

—Espérate, niña —se suelta Pipo—. Los problemas de Urbino son míos también.

—No se preocupe, Pipo —le dice Urbino, intentando mantener cierta compostura—, déjeme despachar a solas con el compañero Prudencio.

—Dale, Urbino, deja la bobería y devuélveme la ropa —insiste Prudencio apresurado—, que si no llego a tiempo, el jefe me mata.

—¿La ropa? —pregunta Pipo.

—Sí, la ropa, que es mía —responde Prudencio con complicidad ingenua—. Yo se la presté a Urbino para que viniera aquí a hacerle una maldad a no sé quién.

Urbino sale corriendo al ver que Pipo entra a buscar la escopeta. Prudencio, confundido, lo sigue. Pipo les dispara.

La vejez

Pipo Pérez, recostado en el taburete, observa a Arturita, que a unos metros de la casa conversa con Urbino.

—Pues si no se va a bajar del burro —dice incómoda Arturita—, al menos acérquese un poco a la casa para yo poder sentarme, porque nos va a agarrar el nuevo año aquí afuera.

—¿Para qué me voy a bajar? Si por lo que veo, a Pipo ni el fin de año le ablanda el corazón.

—Bájese, Urbino —le pide Pipo burlón—. ¿Qué va a hacer usted solo por los caminos? La gente para fin de año la pasa en familia, pero a usted parece que no lo quiere nadie.

Responde Urbino en una tonada:

—Ya el año viejo termina.
Yo a la verdad, no me quejo:
para mí todo lo viejo
se me convierte en rutina.
Lo viejo es como una espina
que se entierra muy profundo.
El año viejo, infecundo,
se va como un espejismo.
¡Debería hacer lo mismo
todo lo viejo del mundo!

Le responde Pipo:

—Lo viejo nunca declina
sin esperar el relevo,
pero no siempre lo nuevo
es potro de raza fina.
Conozco a alguien que termina
en cuanto empieza, y fracasa;
y aunque a veces se disfraza
de corcel con disimulo,
tiene más cuerpo de mulo
que de caballo de raza.

Canta Urbino burlón:

—Lo viejo pierde el poder.
Cuando un viejo se jubila
se cansa y deja una pila
de cosas a medio hacer.
Si tuviera una mujer
la dejaría embullada.
Un viejo no tiene nada
que sirva en las cosas tiernas,
pues la que está en su entrepierna
también está jubilada.

Pipo, molesto:

—Todo lo nuevo es engaño
aunque no se vea baturro,
como el que monta en un burro
para mejorar tamaño.

Pero él mismo se hace daño
con su complejo enfermizo.
Quien monta un burro es preciso
que sepa que en vez de erguirse,
solo logra convertirse
en un burro de dos pisos.

Sigue Urbino burlón:

—Ser un viejo es un horror,
es un racimo de males:
se orina los calcañales
aunque le apunte al tibor.
Todo se vuelve un temblor,
y pierde las sensaciones,
se le arrugan… los riñones,
solo sabe hablar sandeces,
se babea, ¡y hasta, a veces,
se orina en los pantalones!

Pipo se pone de pie y le habla amenazante:

—¡Pues entonces yo podría
encontrar un nuevo yerno,
después que mande al infierno
al anterior que tenía!

Empieza a sacar el machete lentamente y
prosigue:

—¡El yerno viejo tendría
que esconderse como un gnomo,

o salir huyendo como
quien quiere evitar el daño,
de empezar el nuevo año
con un planazo en el lomo!

Urbino arrea el burro y escapa asustado.

El verraco de Urbino

—Pipo, dicen que en Paso Diez sacaron unos mosquiteros buenísimos —comenta Arturita recomponiendo un mosquitero muy viejo—, nosotros vamos a tener que comprarnos uno.

—¿Y eso por qué? —responde Pipo—. ¿Usted piensa armar otra cama?

—No. Pero este está que no aguanta más.

—Ese mosquitero me lo gané yo en la zafra del setenta, todavía está bueno.

—Setenta huecos es lo que tiene —reclama Arturita—, y la zafra la están haciendo los mosquitos con nosotros.

—Pues remiéndelo, porque ahora no hay dinero para comprar un mosquitero, y si la sequía sigue como va, me imagino que el año que viene tampoco habrá dinero.

—Si la puerca pare —sugiere Arturita—, podemos destinar un puerquito para comprar el mosquitero.

—¿Y cómo va a parir la puerca si no está preñada? —le dice Pipo riendo.

—Hablamos con Urbinito, y ya está.

—Yo no sabía que Urbino se dedicaba a eso —vuelve a decir Pipo sin dejar de reír—. No me imagino un hijo de Urbino con la puerca, con esos brazos cortos, capaz que salga una puerquita salchicha.

—Lo que quiero decir —aclara ella muy seria— es que Urbino puede traer al verraco una semana.

—Si no tenemos nada que echarle a la puerca, ¿qué le vamos a echar al verraco de Urbino?

Pipo entra para la casa. Arturita lo sigue. Llega Urbino y se queda detrás de la puerta escuchando parte de la conversación.

—No sea malo, Pipo —le escucha decir a Arturita—. Yo le prometo que va a ser una semana nada más. Urbinito puede traer la comida. Usted verá que eso no va a ser otro gasto para usted.

—Está bien. Si la cosa es así, por mí no hay problemas, pero con la condición de que sea un solo parto.

—Sí, Pipo.

Urbino no puede creer lo que ha oído. Por la alegría de imaginarse aceptado por Pipo y viviendo en la casa con Arturita, cae de bruces en la silla y el estruendo alerta a Pipo.

—¿Quién anda ahí? —grita Pipo desde adentro.

—Soy yo, Pipo Pérez... ¡no dispare! —dice asustado Urbino.

Pipo y Arturita salen al portal.

—Causalmente queríamos hablar con usted —le informa Pipo—. ¡Arturita! Explícale a Urbino las condiciones, a ver si está de acuerdo.

—No hace falta, Pipo Pérez —dice Urbino entre nervioso y alegre—, yo sin querer oí la conversación.

—Dígale que la puede montar las veces que quiera —le dice Pipo a Arturita—, pero nada más será una semana.

—Sí, Pipo Pérez —responde Urbino.

—¡Y que salga preñada! —dice Pipo amenazante.

—Despreocúpese, Pipo Pérez —reitera Urbino.

—Y sobre todo —aclara Pipo—, que traiga la comida de la semana…, para los dos.

—Yo lo que estaba pensando —propone Urbino entusiasmado— es que quizás sería mejor que me la llevara para mi casa, para estar más tranquilo, digo, si Arturita no tiene ningún inconveniente.

—No, qué va —responde Arturita—, a nosotros nos da lo mismo, ¿verdad, Pipo?

—No —dice Pipo tajante—. Tiene que ser aquí. Yo tengo que ver el animal antes de que la monte.

—¡¿Qué?! —dice Urbino sin entender.

—No vaya a ser que sea muy chiquito, y me atrase la raza que tanto he luchado por mantener. A ver, dígame, ¿cómo es? —lo conmina Pipo.

—Bueno, Pipo Pérez —responde Urbino avergonzado, mirando para todos lados—, yo creo que es normal. ¿Por qué no vamos para allá adentro?, para que esto quede de hombre a hombre.

—No. Dígalo aquí. De todas formas, si es chiquito, yo lo voy a ver —dice Arturita.

—Es que… me da vergüenza —reclama Urbino.

—Está bien, vamos —acepta Pipo.

Entran para la casa. Inmediatamente sale Urbino huyendo, y abrochándose la portañuela. Pipo lo sigue con la escopeta, gritándole.

—¡Descarao, qué inmoralidad es esa! ¡Párate ahí, degenerao!

Espantapájaros

En el portal, Urbino mira a Pipo Pérez, que duerme profundamente recostado en su taburete. Arturita sale con café y le brinda a Urbino.

—Ya volvió a dormirse en la conversación —dice Urbino sin dejar de mirarlo—. ¿Qué usted cree si yo paso para allá adentro y hacemos lo que usted sabe?

—¡Ni se le ocurra! Pipo tiene el sueño liviano, y si se despierta de momento, vamos a coger tiros todo el mundo.

—No se va a despertar, Arturita. ¿Usted no lo oye roncando?

Urbino se pone de pie para entrar a la casa.

—Pues como le iba diciendo, Urbino —dice Pipo sin abrir los ojos.

Urbino se sienta al instante.

—Ya no sé qué inventar para proteger la siembra —continúa Pipo—, las codornices me han comido como nueve quintales de arroz este mes. Así que, sacando la cuenta de que a cada codorniz le toquen cinco libras de arroz al mes, aquí en la finca debe haber un núcleo de ciento ochenta codornices.

Pipo se queda dormido de nuevo, y vuelve a roncar.

—Pobre Pipo —dice Arturita—, lleva casi un mes sin dormir, sentado ahí, espantando los pájaros del sembrado.

—Tengo una idea: puedo hacerme pasar por un espantapájaros, y por la noche, cuando Pipo se duerma, usted y yo...

—¿Y usted cree que eso dé resultado?

—Con probar no se pierde nada —reitera Urbino—. Lo primero es convencer a Pipo de que le hace falta un espantapájaros.

Arturita mueve a Pipo para despertarlo.

—Pipo, ¿por qué no pone un espantapájaros para que cuide el sembrado, y así usted descansa un poco?

—¿Un espantapájaros? —pregunta Pipo.

—Sí —dice Arturita.

—¿Para que cuide?

—Sí.

—¿Y yo descansar?

—Sí.

—No —concluye Pipo—. Así yo estoy bien.

Pipo vuelve a dormirse y Urbino lo despierta.

—Así estaba un tío mío, pasando trabajo en la finca —asegura Urbino—. Compró un espantapájaros, y remedio santo. Sembró una latica de arroz y recogió cuarenta quintales.

—¿Y dónde vive ese tío suyo que yo no lo conozco? —pregunta Pipo.

—En La Habana —contesta Urbino—. Es un tío de crianza.

—¿Y usted se crió en La Habana, Urbinito? —se interesa Arturita.

—Sí, en los arrabales del Vedado, ¿no se me nota? —responde Urbino.

—¡Arturita! Vaya a buscar una ropa vieja para hacer el espantapájaros —pide Pipo.

Arturita hace por entrar muy dispuesta.

—No, Arturita —la detiene Urbino—, no hay que hacerlo. Casualmente, mi tío me lo regaló cuando yo me mudé para acá y lo tengo en mi casa. Es un espantapájaros de marca. Fíjese que una noche, gracias al espantapájaros, agarré yo un totí ordeñando una vaca.

—¿De verdad, Urbinito? —pregunta Arturita.

—¡Arturita! —grita Pipo molesto—, ¿cuántas veces le he dicho que no crea esas sandeces? Además, los pájaros no salen de noche.

—Bueno, depende del tipo de pájaro —dice Urbino—, porque en La Habana, como hay luz eléctrica, de noche es cuando más salen los pájaros.

—Pues ahora mismo usted me trae el espantapájaros ese —ordena Pipo—. Y vuele, porque si no voy a ser yo el que le va a volar la cabeza. Y usted —le ordena a Arturita— quédese cuidando el sembrado mientras yo me recuesto un rato.

Le da la escopeta a Arturita y entra para la casa.

En medio del sembrado está Urbino amarrado con los brazos estirados, haciendo de espantapájaros. Desde el portal de su casa Pipo lo observa.

—Pipo —dice Arturita—, no mire más el espantapájaros, ya él se encargará de cuidar la siembra.

—Pues mira, Urbino tenía razón, en toda la tarde no se ha acercado ningún pájaro al sembrado.

—Hablando de «tarde» —le propone Arturita—, ya el mosquitero está arreglado. Ah, y duérmase profundamente y sin preocupaciones, cuando yo termine de fregar entro el espantapájaros, para que no vayan a robárselo mientras dormimos.

—No hace falta entrarlo, mija. Yo le puse una trampa que no debe fallar. Mire, esta cuerda viene desde el espantapájaros hasta el gatillo de la escopeta. Si alguien toca la cuerda, o el espantapájaros se mueve, la escopeta se dispara, le da en el pecho al espantapájaros, la bala lo atraviesa y mata al ladrón. Así lo tendré hasta que haga la cosecha del arroz dentro de tres meses. ¿Quién me iba a decir que gracias al espantapájaros de Urbino íbamos a dormir tranquilos?

Mientras Pipo ríe a carcajadas, Urbino llora, con los brazos estirados, en medio del sembrado, sin poder moverse.

El pitusa

—Ya le dije que no —dice Pipo—, yo no estoy en condiciones de hacer ese gasto.

—Pipo, y si usted se enferma de momento, Dios no lo quiera, y hay que ir a La Habana, ¿con qué ropa va a ir? —le implora Arturita.

—Con esta muda de ropa. Me la dieron en la zafra del setenta, y nada más corté caña con ella en el setenta y cuatro y en el setenta y ocho.

—¿Y si por alguna casualidad hay que demorarse unos días y tengo que lavársela? ¿Va a esperar con el pajarito al aire hasta que se seque?

—Me pongo el pantalón nuevo.

—¿Cuál, Pipo?

—El que me dio papá en el año ochenta, antes de morir. Ese pantalón es de dril cien. Se lo compró él en el año cuarenta, en una comisionista.

—¿Y eso es nuevo?

—Bueno, para mí es nuevo, porque nunca me lo he puesto.

Pipo entra para la casa y Arturita lo sigue.

—No sea cicatero, Pipo.

Llega Urbino y escucha la conversación desde afuera.

—¿Usted cree que a mí no me da vergüenza? —le escucha decir a Arturita—. Lo que se usa ahora son los pitusas, complázcame. Si se presenta una situación, yo así no voy a ir a La Habana.

«Así que Arturita quiere un pitusa. Caramba, cómo yo no me había dado cuenta», piensa Urbino.

—Ya le dije que no —dice Pipo—. No hay dinero.

Salen Arturita y Pipo discutiendo, se encuentran con Urbino.

—Buenas tardes, Urbino —le dice Pipo—. ¿Qué lo trae por aquí?

—Solo pasé a saludar —responde Urbino.

—Entonces ya está saludado —le dice Pipo áspero—.Hasta luego.

—No, que se quede —se opone Arturita—. A ver, Urbino, usted que es más joven, y ha salido por ahí, y ha estado en La Habana. ¿Qué es lo que se usa ahora?

—Los pitusas —responde Urbino—. En la *shopping* de Paso Diez sacaron para todos los gustos. Yo me compré nueve.

—¿Nueve? —pregunta Pipo.

—Sí.

—¿En cuánto? —insiste Pipo.

—En todo por uno —responde Urbino.

—¿Un pitusa por un peso? —pregunta Pipo.

—Sí —recalca Urbino—. ¡Buenísimos!

—¿Un peso por un pantalón? —se extraña Pipo—. ¿Usted está loco? ¿A dónde vamos a llegar con esos precios? Con un peso hice yo esta casa, la amueblé y compré la primera vaca para cuando Arturita naciera.

—Pipo, los tiempos han cambiado —dice Arturita.

—No, a los que han cambiado es a los descaraos que ponen los precios. ¡No tengo dinero!

—Si la cosa es así, yo pudiera comprarle el pitusa.

—¿De verdad, Urbinito? —se alegra Arturita.

—Yo por verla feliz a usted sería capaz de comprarle la luna con perros ladrándole y todo.

—Pipo, ¿usted estaría de acuerdo? —pregunta Arturita.

—¿Y está bonito el pitusa? —se interesa Pipo.

—Sí —asegura Urbino.

—¿Y yo no tengo que darle nada? —pregunta Pipo.

—Claro que no —dice Urbino.

—Pues… se le acepta el donativo. Vaya a buscarlo.

—Yo voy a preparar un café para cuando usted venga —dice Arturita y entra para la casa.

—Sepa —le aclara Pipo a Urbino, íntimo— que esto yo lo hago para complacerla a ella, porque si por mí fuera, yo a usted no le aceptaba ni los buenos días.

—No se preocupe, Pipo —dice Urbino y se va.

Llega Urbino con una bolsa y se la entrega a Arturita. Ella se la da a Pipo, y este entra para la casa.

—¿Y usted no va a probárselo? —le pregunta Urbino a Arturita—.

Yo le compré el más pepillo,
bordado y a la cadera,
con flores de enredadera
y zíper en el bolsillo.

—Pero…¿usted está loco? —le responde Arturita—. Piérdase, que cuando Pipo se lo pruebe
lo mata.
    Sale gritando Pipo de la casa, con el pantalón
puesto.
    —¡Arturita!

Corre y búscame el machete,
que este tipo e pantalón
solo lo usa un… mal varón.
¡Hoy yo mato a este soquete!

Pipo corre detrás de Urbino, que huye entre los
árboles del camino.

Adivinación

A propuesta de Urbino, Arturita ha aceptado participar en un juego de adivinación con el propósito de que Pipo los vea. Pipo se hace el impasible, pero es evidente que está impresionado.

—¿Qué estoy tocando? —dice Arturita tocando un jarro.

—¡Un jarro! —le responde Urbino, de espaldas y con los ojos tapados.

Arturita entra a la casa y sale con una cuchara.

—¿Qué tengo en mi mano?

—¡Una cuchara! —dice Urbino—. Pero hágame preguntas más difíciles, Arturita. Yo no puedo desperdiciar este don que tengo para la adivinación con esas boberías.

—Espérese un momento, Urbino —dice al fin Pipo—. A mí ayer se me perdieron dos pesos que tenía envueltos en un pañuelo desde la zafra del setenta, y no hay manera de que los encuentre por ninguna parte.

Urbino cierra los ojos y se concentra.

—Entre y busque debajo del colchón —le orienta Urbino—, para la parte derecha. Ahí está su dinero.

Pipo entra decidido a buscar el dinero. Arturita y Urbino ríen satisfechos.

—La verdad es que a usted se le ocurren cada cosas —expresa Arturita con orgullo.

—Acuérdese. Esta noche tiene que entretenerlo, para poder esconderle la yegua bien lejos; y mañana, cuando yo le diga dónde está, y él vaya a buscarla, usted y yo nos quedamos solos y...

Sale Pipo con el dinero.

—¡Era verdad! ¡Estaban ahí! Gracias, Urbino.

—No hay de qué —dice Urbino—, estamos para servirnos. Bueno, hasta más ver.

—Una última pregunta —lo detiene Pipo—. ¿Cuándo usted cree que lloverá? Porque esta sequía no hay quien la aguante.

Urbino se concentra.

—El 18 de noviembre del año que viene va a caer un temporal —dice Urbino y se va.

Pipo se le queda mirando un poco extrañado, pero con cierta admiración.

Al día siguiente, Pipo camina de un lado a otro muy molesto y preocupado. Llega Urbino.

—Menos mal que vino —le dice Pipo—, porque parece que un degenerao me robó la yegua. Y usted tiene que adivinar quién fue, para molerlo a planazos.

—Pipo, contrólese, que Urbinito tiene que concentrarse —intercede Arturita—. Además, lo importante es que aparezca la yegua, no el que se la robó.

—Arturita tiene razón, tenga calma, que todo va a resolverse.

—¡Arturita! Póngase a preparar un café para brindarle al adivino.

Arturita entra para la casa.

—Ahora dígame, ¿dónde está mi yegua? —pregunta Pipo.

—Usted agarra el camino que va para Paso Diez —le dice Urbino concentrado—, y en el entronque de Los Tirantes dobla a la derecha, y a tres kilómetros, detrás de una ceiba, hay una mata de guásima: allí está la yegua.

—¿Usted está seguro? —pregunta Pipo.

—Claro que sí, Pipo —dice Arturita, que sale con el café—, para algo es adivino.

—¿Y si antes de yo llegar se ha ido? —vuelve a preguntar Pipo.

—No se va a ir —le asegura Urbino—, vaya confiado.

—¿Y cómo usted está tan seguro de que no se va a ir?

—Pipo, porque él es adivino —le aclara Arturita.

—¿Y si antes de yo llegar pasa alguien y se la lleva?

—Por allí no pasa nadie —dice Urbino—. A cincuenta kilómetros a la redonda no hay casas.

—¿Y si le da hambre o sed, o se antoja de comer algo y se va del lugar? Se lo digo porque la yegua está preñada, no vaya a ser que yo vaya por gusto.

—En esa zona hay buenos pastos y hay agua —responde Urbino.

—¿Buenos pastos?

—Sí.

—¿Y agua?

—Sí.

—¿Y no hay peligro de que se la lleven?

—No.

—Pipo, no pregunte más y vaya a buscar la dichosa yegua —aconseja Arturita molesta.

—¡No! —concluye Pipo—. La voy a dejar allá hasta que para. En un final, allí tiene comida y seguridad, lo dice Urbino, que es adivino. Ahora bien —le advierte a Urbino—, usted procure que no le pase nada a la yegua, porque ya debe adivinar lo que le va a pasar a usted.

Pipo entra para la casa despreocupado.

—¿Y ahora qué usted va a hacer? —le pregunta Arturita a Urbino.

—Ir a cuidar la yegua, hasta que para —responde Urbino a punto de llorar—, para que no le pase nada.

Se va Urbino cabizbajo. Arturita lo mira triste, hasta que se pierde en el camino hacia Paso Diez.

Primeros auxilios

Arturita cura a Urbino, que llegó con un golpe en un ojo.

—A usted se le ocurren cada barbaridades, Urbinito... —comenta Arturita—. Tal parece que tiene un golpe de verdad.

—Es de verdad, Arturita —asegura Urbino—. Me lo hice para venir a verla, para que usted me curara.

—No sea bobo, que yo sé que eso es pintura.

—Que es de verdad le digo, me di un piñazo yo mismo.

—¿Y cómo se lo hizo? Yo nunca he visto a nadie darse un piñazo.

—Pues mire, que fue fácil —dice Urbino representando el incidente—. Me paré frente al espejo. Me dije cuatro cosas que no me gustaron. Entonces, el otro yo, que estaba del lado de allá del espejo, se molestó, y me dio un piñazo que perdí el conocimiento.

—¿De verdad, Urbinito?

—Usted sabe que yo no digo mentiras.

Entra Pipo, y al ver el panorama se molesta.

—¿Qué está pasando aquí? ¿Cuál es el toca-toca, Arturita?

—Urbino tuvo un accidente, y le estoy prestando los primeros auxilios —responde Arturita sin dejar a Urbino.

—¿Y desde cuando usted es enfermera?

—Usted sabe que ese era mi sueño: ser sanitaria de un albergue cañero, lo que pasa es que usted no me dejó ir para el concentrado.

—Claro que no, porque el jefe del albergue no quiso que me quedara con usted para cuidarla.

—¿Cuidarme de quién, Pipo?

—De los macheteros —responde Pipo—. O usted cree que yo no vi con la cara de carnero degollado que la miraban. Sobre todo, el negro de los Labrada.

—Ese muchacho era muy educado, hijo de buena familia. Usted no tenía ningún motivo para desconfiar de él —reclama Arturita.

—De él no, pero de usted sí —contesta Pipo—. Por enamorada que me ha salido. Igualita que su madre, que hace veinte años me dijo que iba para un curso de Corte y Costura a Paso Diez y más nunca volvió a la casa.

—Bueno, disculpe que yo me meta —interviene Urbino—, pero usted sabe cómo son de complicadas las modas últimamente, quizás todavía no se ha podido graduar.

—Usted se calla —le ordena Pipo—, y no la esté apañando. Y esta hija mía es tan sobresaliente como su madre, qué bien que la vi dándole un beso en la boca al tipo ese en el albergue.

—Pipo —reclama Arturita apenada—, ¿cómo usted va a levantarme esa calumnia delante de

Urbinito? Yo simplemente estaba dándole un boca a boca por una herida que se hizo aquel machetero. Ese era mi trabajo como sanitaria.

—Sí, pero el de la herida no fue el negro, fue el chino —le recuerda Pipo.

—Pero el que se desmayó fue el negro —dice Arturita.

Urbino aprovecha y finge desmayarse.

—¡Ay, me muero! —dice Urbino al caer en brazos de Arturita.

—Usted ve lo que provocó por decir esas cosas —le reclama Arturita a Pipo—. Ahora tendré que dejarlo aquí en observación, y darle boca a boca toda la noche, hasta que se recupere…, así que vaya preparando una bolsa de agua fresca para la inflamación.

—¿Usted puede creer que no hay boca a boca? —asegura Pipo—. Ya verá como con cuatro planazos se despierta.

—No. Ya estoy bien —dice Urbino incorporándose—. No hace falta.

—¡Arturita! Póngale el mosquitero a la cama, que ya vamos a dormir —concluye Pipo.

Y usted váyase a un matojo,
que allí es donde está su puesto,
porque si yo me molesto,
le poncharé el otro ojo.

El agregado

Desde su taburete, reclinado en un borde del portal, Pipo acaricia al perro y observa a Urbino, que lleva un rato considerable sentado en un tronco del patio mirando caer la tarde.

—¿En qué piensa, Urbino? —dice al fin Pipo con marcada intención de burla—. ¿En la buena vida que se está dando como vago habitual? ¿O en las ventajas de tener un suegro enfermo para no hacer una casa?

Urbino le responde quejumbroso:

—No hay un ser más desdichado,
con el futuro más negro,
que el que vive con su suegro
con el cuño de agregado.
El agregado es el grado
más triste de nuestra raza:
toda su vida la pasa
trabajando, y al final,
lo tratan peor, o igual
que al perrito de la casa.

Dice Pipo irónico:

—Sí, Urbinito, eso es verdad,
pero es lógico, Urbinito:
recuérdese que el perrito
tiene más antigüedad.
Aquí al tema de la edad
sí se le presta atención,
y como el perro en cuestión
nació aquí, nadie discute
que es lógico que disfrute
de un mejor escalafón.

—No es justo ese escalafón,
pues mientras ando al garete,
tiene usted su taburete
recostado del horcón;
y el perrito, en un rincón,
sin preocuparse jamás.
Una familia no es más
que un cordial rompecabezas,
y el agregado es la pieza
que une todas las demás.

—Mire, Urbino, no sea ingrato,
y métase en la cabeza,
que el agregado es la pieza
que se agrega a un aparato.
Es como un trozo barato,
de tan escaso valor,
que al quitarlo, no hay temor
de si acciona o si no acciona,

si el aparato funciona
sin él, ¡o incluso mejor!

—¡Pues si tan inútil es
mi presencia en este hogar,
me voy a desagregar
a ver qué pasa después!
¿Quién viajará a Paso Diez
para hacerle algún mandado?
¿Quién atenderá el sembrado?
¿Quién lo cuidará fielmente?
¡Porque conmigo no cuente
cuando esté desagregado!

—Desagregue sus rutinas
y su carita de bobo,
y agréguese al algarrobo
donde duermen las gallinas.
Múdese con sus pamplinas,
si es que le alcanza el valor,
pero, Urbino, por favor,
no se agregue a cualquier gajo:
¡agréguese al del guanajo
que es donde encaja mejor!

Urbino se levanta y se marcha molesto.
«Pamplinoso que es este muchacho —se dice
Pipo, mientras lo ve alejarse entre los árboles del
patio—. Con la cantidad de problemas que tiene
encima, y pensando. Yo no hice esta casa con
patio y traspatio para el pensamiento de nadie.

¡Aquí que no vuelva hasta que no tenga la mente en blanco!».

El perro salta de donde Pipo y sigue a Urbino, a lamerle la soledad. Después caerá la noche sobre el rancho, y regresarán los dos a buscar refugio.

La sonámbula

—Por el camino que vamos —le dice Urbino a
Arturita—, un día me culpará de la sequía, del
efecto invernadero, del precio de la carne de puerco
y hasta de la crisis esa que dicen que anda por
el mundo. Es lo que yo digo: cada día usted se
parece más a su padre.

—No me cambie la conversación. Usted, con
su facilidad de palabras, siempre me envuelve
—le reclama ella molesta—. ¡Bien sabe de lo que
le estoy hablando!

—¿Ahora resulta —se queja Urbino— que
yo también soy culpable de las enfermedades
de la gente?

—De la gente no, de Felipa —responde Arturita, mientras agarra la escoba para golpearlo—.
Y no vuelva a decirme que lo que tiene la bola
de humo esa es una enfermedad, porque no respondo de mí.

—Que sí, Arturita —dice él conciliador—,
el sonambulismo existe. Mi tía Evarista fue so-
námbula más de veinte años. Figúrese usted que
una vez iba en una guagua para La Habana, se
quedó dormida, la guagua paró en una terminal
y mi tía, así dormida, agarró otra guagua y fue
a parar a Miami.

Arturita se queda pensativa, turbada, hasta el punto de preguntar con ingenuidad:

—¿Y cómo pudo atravesar el mar, Urbinito?

—Ah, no sé. Los sueños a veces son difíciles de explicar.

Ella recapacita y recupera el tono molesto.

—Pues procure explicarme cuál es el motivo por el que la Felipa esa, cada vez que le da el sonambulismo, viene a parar aquí a la casa. Anoche por poco se acuesta entre nosotros dos.

—No se me ponga así, mi reina —responde Urbino aproximándola en tono conciliador—, todo eso va a arreglarse. Dicen que Fernández la va a llevar a un psicólogo.

—Pues hasta que el bicho malojero ese no se cure, usted no me volverá a tocar —dice Arturita apartándose.

—Usted me disculpa, Pipo Pérez —susurra Felipa evitando ser escuchada por alguien más—, pero yo creo que eso no va a funcionar. ¿Cómo usted cree que el psicólogo va a ofrecerse para ayudarnos?

—El psicólogo va a decir lo que dice la ciencia, Felipa. Para que el sonambulismo se quite, el sonámbulo tiene que dormir al menos una noche con la persona con la que sueña. Es eso lo que dicen los libros.

—¿Y qué resuelvo yo con dormir una noche con Urbino? Si usted mejor que nadie sabe que yo a Urbino lo amo para todas las noches de mi vida.

—Y lo tendrá eternamente, mija. Después que una persona comparte el lecho con un sonámbulo, se le desgracia la vida, y más nunca vuelve a mirar a la persona que ama.

—¿Y por qué usted sabe eso?

—No pregunte tanto. Hay cosas que no es bueno recordar.

—O me lo dice, o voy y le digo a la cuerpifea de su hija que todo esto de mi sonambulismo es un invento suyo para apartarla de Urbino.

—No. No hace falta. Yo sé todo sobre sonámbulos, porque el Mulato de los Iznaga era sonámbulo. Un año entero se pasó siguiéndonos a todas partes. Se nos metía en los hoteles, en cuanto recoveco del país nos refugiamos la madre de Arturita y yo, huyéndole. Hasta que fuimos a un psicólogo, y el remedio que nos mandó fue que ella durmiera una noche en la casa de él.

—¿Y se curó el Mulato?

—Sí —responde Pipo entre lágrimas—, pero la madre de Arturita más nunca regresó a la casa. Y eso es lo que pasará si Urbino viene y se queda una noche con usted.

—¿Y por qué usted está tan seguro de que él aceptará?

—Porque sí, porque la niña lo tiene amenazado, y lo que más desea él en este mundo es que usted lo deje tranquilo.

Urbino sale de la casa con una bolsa de ropas en la mano. Pipo y Arturita, sentados en el portal, lo observan sin hacer comentarios. Urbino hace por ignorarlos, pero, ya casi llegando al camino, vira y le habla a Pipo:

—Dígale a su hija que esta noche no vengo a dormir, porque voy a Palmarito a cumplir con un velorio de un entenado de tía Evarista.

Pipo intenta dar el recado, pero Arturita se adelanta a responder:

—Dígale a Urbino que, si quiere, se quede por allá para siempre, a ver si se resuelven los problemas del mal dormir de alguna gente de por acá.

—Dígale a ella —insiste Urbino— que, si Dios quiere, lo que ella sabe, mañana no será problema en nuestra relación.

Pipo trata siempre de dar la información, pero Arturita se le adelanta.

—Dígale que más le vale si quiere volver a pisar esta casa.

—Dígale… —trata de decir Urbino.

—¡Urbino, acabe de irse! —le responde Pipo molesto—. No nos dé más dolores de cabeza.

Urbino se va casi llorando. También Arturita llora por la partida. Intenta seguirle y pedirle que regrese, pero Pipo se lo impide.

—Ay, Pipo, ¿por qué la vida será tan cruel conmigo?

—No se preocupe, mija —responde Pipo lastimoso—, ya verá como todo cambiará.

—¿Usted cree que la hermana de Fernández realmente esté enferma del sueño o será descaro de ella y relambimiento de Urbinito?

—Bueno, a mí no me gusta meterme entre marido y mujer, pero su marido a la verdad que es un poco mujeriego, aunque yo no creo que se atreva a tanto. Es más, agarre un pollo con moquillo que anda por ahí y prepárelo, que esta noche le haremos la visita a la pobre hermana de Fernández. A los enfermos hay que tenderles una mano, aunque no sean de nuestro agrado.

Arturita y Pipo llegan con un pollo a la casa de Fernández.

—Mire qué casualidad —los recibe efusivo Fernándezen en el portal—, ahora mismo iba yo para su casa, a agradecerle a Arturita por la comprensión que tuvo con el problema de Felipita.

Arturita mira a Pipo sin entender. Pipo le hace señas de que no se preocupe.

—Entréguele el pollo, mija.

Fernández adelanta las manos emocionado, pero con cierto recelo.

—Gracias, Arturita —le dice Fernández—. Esto que usted hace por nosotros no lo hace nadie.

—No diga eso, Fernández —le responde Arturita entregándoselo—, los vecinos estamos para ayudarnos, y yo lo hago por usted, que siempre ha sido tan bueno con nosotros. Además, un pollo no es tan importante, lo importante es que su hermana se cure, para que nos deje la vida tranquila.

—Sí, claro —dice Fernández—, pero no se preocupe, que, según el psicólogo, el método ese no falla.

—¿Y dónde está la niña, Fernández? —se interesa Pipo—. Digo, si es que se puede saber.

—Durmiendo —responde Fernández.

—¿Tan temprano? —pregunta Arturita.

—Es que…, según el psicólogo —comenta Fernández—, mientras más horas haga la terapia, más efectiva es la cura del insomnio con manía persecutoria.

—¿Y la podemos ver durmiendo? —insiste Pipo interesado.

—Bueno, por mí no hay problemas —responde Fernández—. No sé si Arturita quiera…

Arturita hace un gesto de indecisión.

—Sí, cómo no —se adelanta a decir Pipo, mientras la lleva casi a la fuerza para adentro de la casa—, mi hija se muere de curiosidad.

Entran al cuarto y ven a Urbino durmiendo con toda la ropa, incluyendo los zapatos y el sombrero, de espaldas a Felipa, que lo abraza, también dormida y tapada al descuido, dejando los hombros y parte del cuerpo al descubierto, evidentemente desnuda. Arturita hace por hablar, pero cae desmayada.

Carretón fúnebre

—¡Necesito que hagan silencio! —le reclama Arturita a los reunidos en la casa—. Les pedí que vinieran, porque necesito de su ayuda. Pipo está con un dolor muy fuerte hace dos días y todavía no he encontrado un transporte para llevarlo hasta la posta médica de Paso Diez —empieza a llorar—. Yo tengo miedo de que a Pipo me le pase algo malo.

Pipo hace gestos de dolor.

—Usted me disculpa, Arturita —dice Urbino—, pero si Pipo no se hubiera pasado dos días durmiendo en la talanquera de la vaca, no estaría ahí doblado con ese dolor. Ya él está muy viejo para esas payasadas.

—Ah, ¿porque ahora no querer verle la cara a un sinvergüenza es una payasada? —se defiende Pipo—. Si usted no viviera en mi casa, yo no me hubiera visto en la necesidad de irme a dormir para la talanquera. Ya no puedo seguir aguantando sus pamplinas y sus vagancias. Posiblemente este dolor mío sea un envenenamiento por tener que convivir bajo el mismo techo con usted y tener que mirarlo todo el día —vuelve a quejarse del dolor.

—¡Esta bueno ya! —intercede Arturita—. Urbino, deje a Pipo tranquilo. Y usted, Pipo, no se altere más por gusto. Ahora lo que hace falta es un carro que lo saque hasta Paso Diez.

—Permiso, ¿puedo hablar? —pregunta Genaro y todos asienten—. Como ustedes saben, yo soy el responsable de actividades diversas y otras cuestiones acá en la zona. A mí me daría mucha tristeza, y además, sería casi mi responsabilidad, que Pipo se muriera en nuestras manos —un poco más enérgico—. Pero déjenme decirles que si a Pipo le pasara lo peor, yo, con toda la voluntad y el entusiasmo que me caracteriza, asumo todos los trámites, y será un evento fúnebre que va a resonar en toda la zona. ¡Yo me comprometo, compañeros!

Todos aplauden con entusiasmo. Pipo se queja del dolor y Arturita se le acerca para calmarlo.

—Un momento —interviene Fernández—. Yo creo que esto se nos está yendo de las manos. Lo primero que hay que hacer es pensar en llevar a Pipo al médico, aunque sea a cuestas.

—Tata tiene mucha razón —sugiere Felipa y recalca con hipocresía—. ¡A Pipo no le puede pasar nada!, sobre todo por el amor y la buena voluntad que le tiene todo el mundo por aquí. A mí, por lo menos, hay que enterrarme con él.

—Yo quería decirle, Arturita —dice Guaro—, que puede contar conmigo para lo que sea, lo mismo si se muere o si hay que llevarlo al médico, pero usted sabe que ahora en el punto de la PNR no tenemos transporte disponible.

—¡Aquí el que se va a morir es el próximo que vuelva a decir que Pipo se va a morir! —le responde Arturita alterada—. Yo no sé para qué los llamé —empieza a llorar—. Total, si ya veo que a nadie le importa que a Pipo le pase algo.

—No te alteres, niña —intenta calmarla Pipo—. Ya yo le dije que no resolveríamos nada, porque el único carro que hay por todo esto es el carretón fúnebre —se queja del dolor—. Así que tal vez lo mejor es que me muera, a ver si descanso.

—Genaro, usted es el responsable del carro fúnebre —insiste Arturita—. ¡Hágame el favor y préstenoslo para llevar a Pipo al médico!

—Lo siento mucho, Arturita —responde Genaro—. Ese carro no se mueve de la zona si no es con un muerto arriba, de lo contrario sería una ilegalidad. Además, ustedes saben cómo está el problema del combustible.

—Usted me perdona, Genaro —interviene Fernández—, pero si mis ojos no me engañan, al carretón fúnebre lo hala un caballo, y, hasta donde yo sé, los caballos comen hierba.

—Por eso mismo, Fernández, ustedes saben el problema de la sequía que hay en la zona. Mis superiores no van a dar la autorización.

—La única solución —sugiere Pipo— es que alguien se haga el muerto, y así puedan autorizar a mover el carretón fúnebre hasta Paso Diez. Entonces yo aprovecho el viaje y me voy con la comitiva. Pero imagínese, ¿quién va a querer hacerse el muerto para ayudarme a mí? Por ejemplo: Urbino no va a querer, yo estoy convencido de que Urbino no va a querer hacerme ese favor.

Todos comienzan a murmurar y a tratar de convencer a Urbino, mientras Pipo llora con más fuerza por el dolor.

—Yo sabía que al final a mí me iba a tocar la peor parte —dice Urbino—, pero para que vean que yo no soy tan malo como dice Pipo Pérez, está bien, voy a fingir estar muerto, a ver si después de esto deja de tenerme esa mala voluntad.

—¡Gracias, Urbinito!, —grita Arturita abrazándolo con alegría—. Por eso es que lo amo tanto.

—Ahora mismo voy a informar de la muerte de Urbino, para que autoricen el movimiento —concluye Genaro—. Y ustedes, preparen un funeral de verdad, por si viene un inspector, ya saben cómo funcionan esas cosas.

—Tanto lío y tanta cosa para esto —dice Felipa—.Total, para eso me hubieran enterrado a mí, que estoy muerta hace rato con Urbino.

Arturita trata de golpearla y la aguantan. Algarabía general.

Todos sentados afuera. Fingen caras tristes. Pipo se nota un poco desesperado, algunos conversan en voz baja. Arturita entra y sale de la casa constantemente, mira para el camino.

—Señores —les advierte Genaro—, por ahí viene el carretón fúnebre.

Algarabía y alegría. El chofer es un tipo con mala cara.

—Recuerden, esto tiene que parecer de verdad —vuelve a pedirles Genaro entre dientes—.

El conductor es un cuadrado, y además, quién sabe si hay algún inspector por ahí observando.

Todos cambian de actitud. Arturita entra a la casa y se acerca a Urbino, que ha permanecido escondido.

—Ya llegó el carro, así que prepárese. Y recuerde: en cuanto Pipo pare el carro en Paso Diez, usted sale de la caja, se baja sin que el conductor lo vea y se une con Pipo en el hospital.

—Yo sigo pensando que esto es una locura, Arturita —le dice Urbino, más por miedo a la caja que por convicción de algún contratiempo—. Usted verá que yo me voy a buscar un problema.

—¿Problema de qué, Urbinito? Después decimos que resucitó, y ya está, lo importante es que Pipo pueda ir al médico. Dele, métase en la caja.

—Bueno, ojalá todos los santos me acompañen.

El carretón tiene una manta, de modo que el conductor no puede ver el ataúd. Pipo monta al lado del chofer. Los demás fingen sufrimiento.

—¡Ay, no se lo lleven! —grita Felipa tratando de montarse en el carro, mientras todos la aguantan—. ¡Llévenme con él!

—No se haga la graciosa —la detiene Arturita—, no vaya a ser que pronto haya por aquí otro velorio, pero de verdad.

—Parece que el muerto no era alguien muy querido —le comenta el conductor del carro a Pipo—, porque no veo a nadie con intenciones de acompañarnos al entierro.

—Así mismo, mijo —le responde Pipo—, eso era lo más degenerao que había por toda esta zona, traquimañero y pamplinoso. Vamos a ver si acaba de descansar en paz y nosotros de él.

El carretón comienza la marcha hasta perderse de la vista de los reunidos.

—Menos mal que pudimos resolver —le comenta Arturita a Genaro—. Muchas gracias. No tengo palabras para agradecerle.

—No tiene nada que agradecerme. Lo importante es que Pipo se ponga bien.

—Bueno, yo no sé si fueron ideas mías —insinúa Guaro—, pero me pareció que Pipo iba más aliviado.

Por el camino, bien alejados de la casa, Pipo mira para atrás constantemente.

—¿Qué le sucede? —le dice el conductor en tono de burla—. ¿Tiene miedo que el muerto reviva?

—¡No, qué va! —responde Pipo sonriente—, lo que me da miedo es que se escape.

El chofer ríe con gusto, al parecer acostumbrado a hacer chistes sobre los muertos.

—Mire —lo interrumpe Pipo haciendo detener el carretón—, yo al final no tenía mucho roce con él, mejor me regreso a la casa. Siga usted directo para el cementerio, pero fíjese lo que voy a decirle, no pare hasta que no llegue a la tumba donde lo van a enterrar.

—Bueno, como usted guste. Váyase tranquilo, y dígale a los familiares que será bien enterrado.

Pipo se baja del carro y vira para la casa, casi corriendo, mirando para atrás. El carretón se aleja.

La noche amenaza con caer. Arturita camina de un lado a otro, desesperada, mirando para el camino. Felipa y Genaro conversan en un extremo del patio.

—Si no me equivoco, aquel es Pipo —les dice Arturita tratando de acercarse al camino para ver mejor la silueta—, y viene solo. Yo no puedo creer que Urbino haya dejado solo a Pipo en el médico, deja que llegue para que vea.

Pipo llega cansado.

—Pipo, dígame, ¿cómo salió todo? ¿Urbino no fue con usted al médico? ¿Qué le dijeron del dolor?

—Bueno, apenas me deshice de Urbino, se me desapareció el dolor. Y si Dios quiere, Urbino a esta hora ya debe estar enterrado.

—¿Qué es lo que usted quiere decir, Pipo? —pregunta Arturita desesperada—. ¿Cómo que Urbino está enterrado?

—Nada, mija —dice Pipo con toda tranquilidad—, yo lo hice por su bien. En el cementerio tendrá su tumba propia, y no va a tener que vivir agregado. Además, va a poder pasarse el día acostado, sin hacer nada, como tanto le gusta.

97

Arturita sale desesperada. Corre. Llama a Urbino.

—¡Pipo! —grita Felipa también sin poder contener el llanto y corriendo detrás de Arturita—. ¡Dígame en qué hueco exacto está, para encontrarlo primero!

Embeleso

Urbino y Fernández observan a Arturita, que está con la mirada perdida en un punto distante, sin hablar ni reaccionar.

—Oiga, si no lo veo no lo creo —comenta Fernández pasándole las manos por delante de los ojos—. ¡Arturita se quedó lela! Yo pensaba que eran chismes de la gente.

—Ya he tratado de despertarla de mil formas, Fernández —asegura Urbino—, pero nada, parece que está embrujada, o dormida con los ojos abiertos.

—Urbino, vaya a buscarle los remedios que le dije —dice Pipo saliendo de la casa—, que yo voy a llevar a Arturita al médico, y vaya preparándose, porque parece que esto es de por vida.

Agarra a Arturita de la mano y la levanta de la silla.

—Yo voy a la casa y luego regreso a ver qué le dijo el médico —dice Fernández—. Lo contenta que se va a poner Tata cuando le diga que Arturita está más tiesa que una piedra.

Fernández se da cuenta de que lo miran con mala cara y agrega apenado:

—Bueno… ¡que se mejore!

—Lo mejor sería que yo lo acompañara al médico —le propone Urbino a Pipo—. Estoy desesperado porque Arturita sea normal otra vez.

—No, mijo. Vaya usted a lo de las yerbas, yo me ocupo de llevarla. Ya bastante tenemos con los disgustos que usted le ha dado. A saber si la niña se quedó así por un mal rato que le hizo pasar, pero prepárese si yo me entero. Vamos, niña.

Salen caminando. Pipo guía a Arturita. Urbino los mira con tristeza.

—Así que ya está pagando todo lo que ha hecho —comenta Felipa—. Yo no le deseo mal a nadie, pero no ha habido castigo más bien puesto que el pasme que tiene esa sobresaliente.

—Se comenta que fue de un susto —agrega Guaro.

—Yo tengo vista para esas cosas —asegura Fernández—, y para mí eso es un mal de ojo.

—Sea lo que sea —dice Felipa—, yo no me voy a perder verle la cara, ahí tiesa, en una silla. Ahora mismo estoy arrancando para allá.

—Espéreme, preciosura —le propone Guaro—, yo también quiero verla, y así la acompaño por esos montes.

—¡Dios me libre! —se opone Felipa—. Capaz que me quede lela y tiesa igual que Arturita, por andar con una brujería atrás.

—Yo voy con usted también, Tata —se dispone Fernández—, porque usted es buena y buena. Hasta más ver, Guaro.

Urbino le canta una canción a Arturita y Genaro no deja de mirarlos. Llegan algunos curiosos y Urbino se molesta.

—¿Ustedes querían algo? Pues entonces sigan su camino, aquí no hay nadie raro ni ha pasado nada. Oiga, ¡qué gentecita más indiscreta!

Mira para Genaro con intención de pedirle que también se retire.

—Yo no vine por maldad —le aclara Genaro—. Usted sabe que les tengo mucho aprecio y pueden contar conmigo para lo que sea. Déjeme hacerle una pregunta: ¿ella se quedó boba de un tiro o fue poco a poco?

—Aquí no hay nadie bobo, Genaro, no haga que le pierda la consideración que le tengo.

Sale Pipo de la casa.

—Déjese de estar maltratando a todo el que viene aquí, Urbino —dice Pipo—. Yo no sé cómo puede tener tanto veneno en ese cuerpo tan corto. Y usted —se dirige a Genaro—, piérdase antes de que yo le tenga que dar tres planazos.

Se va Genaro. Urbino entra asustado para la casa. Arturita, incorporándose, le habla en voz baja a Pipo.

—Usted verá que este invento suyo me va a buscar un problema con Urbinito. Fíjese, lo estoy haciendo para demostrarle que Urbinito sí me adora y me quiere de verdad.

—Hable bajito —le pide Pipo—. Ya usted vea por sus propios ojos que ese marido suyo es un mujeriego.

—¡Pipo —llama Urbino desde adentro—, tráigame a Arturita para bañarla!

Arturita incorpora su comportamiento anterior. Llega Urbino y se la lleva de la mano hablándole. Pipo se queda comentando para sí: «La niña va a sacarme a ese pamplinoso de la casa o me quito el nombre».

—Pues en cuanto me enteré de la novedad me dije: déjame correr para allá, que le debo estar haciendo tremenda falta a esa familia—explica Felipa.

—No se preocupe, Felipa —aclara Urbino—, nosotros sabemos resolver nuestros problemas.

—Ya sabemos que lo hace de buen corazón —comenta Pipo—, pero mejor vaya a cuidar a su madre, ella también está malita en la cama.

—Eso mismo le dije yo a ella —dice Fernández—: «Tata, vámonos, dejamos a mamá sola».

—¿Y ella siempre está así? —pregunta Genaro sin dejar de mirar a Arturita—. Es un vegetal, la pobre. Tan joven.

—¡Ya les dije que se pueden ir, nosotros no necesitamos de nadie! —dice Urbino molesto.

Felipa le da vueltas a Arturita, mirándola fijo y haciéndole señales delante de los ojos.

—Oiga —termina comentando—, como me duele a mí ver a una persona tan buena hecha tierra. Pipo Pérez, yo le juro por mamá que hasta la carga de atenderlo a usted me echo arriba con tal de darle una mano a Urbinito. La va a necesitar, porque yo sé lo que es tener una gente postrada.

—Fernández —ruega Urbino—, hágame el favor y llévesela, porque no respondo de mí.

—¡Vámonos, Tata! —obedece Fernández—. ¿Será posible que usted no respete el dolor ajeno?

Se van Felipa y Fernández discutiendo.

Genaro intenta hacerle una pregunta a Urbino y este lo mira amenazante. También se levanta y se va.

—¡Si esta situación sigue así —le dice Urbino a Pipo—, el que se va a volver loco soy yo!

Entra llorando para la casa.

Pipo y Arturita están sentados en el portal. Urbino viene del camino y llama a Pipo con mucho misterio.

—¡Ya está aquí! —le dice Urbino a Pipo en un susurro—. ¿Usted está seguro de esto? he tenido que darle un dineral para que viniera conmigo.

—Ya le dije —también susurra Pipo— el médico me dijo que como único se le va a quitar el embeleso a la niña es recibiendo una emoción fuerte.

—Sí, pero podíamos tirarle una rana, no sé, decirle que usted se murió —propone Urbino.

—¡Urbino! —se incomoda Pipo—. A lo que más odio le tiene la niña es a eso que usted tiene allá atrás, así que dele la noticia y trate de que se lo crea. Ah, y recuerde lo del beso.

Pipo va para donde está Arturita.

—Niña, prepárese, por ahí viene Urbino con visita.

Sale Urbino de detrás de la casa de la mano de Felipa, que viene con unos bultos.

—Arturita —dice Urbino nervioso—, tengo que darle una noticia: voy a casarme con Felipa.

Besa a Felipa. Simula apasionamiento.

—¡Urbino!—reacciona Arturita levantándose de la silla—. ¡Yo no sabía que usted era tan degenerao!

—¿Vio lo que le dije, niña? —dice Pipo cínico—: no sirve. En cuanto la vio a usted sin poder complacerlo en sus necesidades, se enredó con la primera que encontró. Pero yo se lo dije, ¡yo sabía que su marido no valía un centavo!

—¡Déjame explicarte, Arturita! —implora Urbino—. Pipo, dígale lo que le dijo el médico.

Arturita saca una escopeta y corre detrás de Felipa y Urbino.

—Eso es, niña. Si lo que quieren es estar juntos, pues que los entierren en el mismo hueco.

Disponible

La reunión duró poco. Fernández, Pipo Pérez y Guaro integraron la comisión de expertos para determinar el futuro de Urbino como arriero. Durante el proceso de análisis, Urbino no tuvo un minuto de sosiego, y ahora está ahí, frente a ellos, expectante, nervioso. No puede aguantar más y habla:

—Con toda sinceridad,
Fernández, yo le confieso,
que me preocupa el proceso
de disponibilidad.
—No veo con claridad
cuál es su preocupación.
—Ante esta comisión
recite su biografía —propone Guaro.
—¡Y a lo mejor algún día —dice Pipo—,
sabrá nuestra decisión!

—Todos deben de saber —expone Urbino—,
que en esta empresa de arrieros,
yo he sido de los primeros
en cumplir con mi deber.

Aquí yo aprendí a barrer,
a cocinar, a zurcir;
así tuve que vivir,
y cuando entró un arria nueva,
tuve que hacer una prueba
pa poderla conducir.

—Y además de conductor
de mulos, ¿qué más ha hecho? —pregunta
Fernández.
—Yo lo mismo arreglo un techo,
que soy deshollinador.
Soy un buen ordeñador,
no me duermo haciendo guardia,
curo el empacho y la giardia,
fui hasta mozo de limpieza,
¡y jamás en esta empresa
me sacaron de vanguardia!

—¡No se me aparte del tema!
¡Hable de usted simplemente! —le advierte
Guaro.
—Aquí dice en su expediente —refiere Pipo—
que una vez tuvo un problema.
—Sí, es que me vi en un dilema:
el jefe de personal
me mandó para un corral
con unas mulas celosas.
¡Fíjese si yo he hecho cosas,
que hasta he sido semental!
—Sé que usted quiere escuchar
—dice Fernández—,
la difícil decisión

que esta justa comisión
ahora tiene que tomar.
—Yo después de razonar
sobre su historial brillante —anuncia Pipo—,
pienso que es muy importante
anunciarle, amigo Urbino,
que a usted le espera un camino
sumamente interesante.

—Su historial es aplaudible —dice Guaro—,
igual que toda su obra.
—Y es por eso, que usted sobra
—aclara Fernández—
y quedará disponible.
—Es que, es usted tan servible,
original y sin copia —le confirma Pipo—,
que si algún día se apropia
de su experiencia sin par,
puede, incluso, trabajar
de mulo por cuenta propia.

Los integrantes recogen sus papeles satisfechos,
mientras Urbino se retira triste a recorrer Paso Diez.

Cuentapropista

Desde muy temprano, Urbino ha estado con una libreta sacando cuentas, memorizando cifras, contándose los dedos, caminando de un lado a otro. Por toda la casa, sigiloso, Pipo lo espía intrigado. Ahora, al fin, lo escucha, oculto en el cuarto contiguo a la mesa del comedor.

—Suponiendo que el ovillo y la bobina me salgan en cinco pesos, yo los pongo en diez pesos, ya por ahí estoy ganando cinco —le dice Urbino a Arturita, que lo atiende sin dejar de fregar las vasijas del almuerzo—, más diez que cobre de mano de obra, tendría una ganancia de quince pesos. El engrase lo cobro a cuatro, el ajuste del pisa costura y el pedal, a tres. Cuando usted viene a ver, a una sola máquina de coser le puedo sacar fácilmente veinticinco pesos. Arreglando cuatro máquinas al día, serían cien pesos. En un mes tres mil, y en un año treinta y seis mil pesos. ¿Qué le parece?

—Que usted está soñando demasiado —responde Arturita tajante—. En primera: ¿a dónde va a conseguir las piezas de repuesto?, ¿en Rusia?

—No, en La Habana. Un sobrino del marido de tía Evarista tiene una amistad allá, y me puede vender máquinas viejas.

—¿Y de dónde piensa sacar el dinero para la inversión? Porque, que yo sepa, usted no tiene ni donde amarrar la chiva.

—Eso es lo de menos, a mí cualquiera me presta, porque sabe que soy un buen muchacho.

—Bueno, entonces empiece cuanto antes, a ver si prosperamos, que yo no pienso pasarme la vida en este rancho.

Al escuchar los toques en la puerta, Fernández deja de contar unos billetes. Los guarda en una funda y sale a ver quién es el visitante.

—¡Urbino!, dichosos los ojos que lo ven, estaba perdido. Pase y siéntese.

—Es que me pasé unos días en casa de tía Evarista, y después estuve una semana chapeando marabú en los potreros de Mongo Sierra. Cuando un hombre con familia, como yo, se queda desempleado, tiene que hacer lo que aparezca.

—Usted es un hombre trabajador, joven, fuerte…, ya verá cómo, poco a poco, se va a encaminar, se lo digo yo, que tengo vista para estas cosas.

—Precisamente vine a eso, a ver si puede ayudarme.

—Claro que sí, dígame.

—Usted sabe que yo estudié en la URSS la carrera de Mecánica Integral de Equipos y otros Menesteres. Entonces, he estado pensando sacar una licencia como cuentapropista para arreglar máquinas de coser.

—Esa es una buena idea, ya ve lo que le digo, usted va a llegar lejos.

—Me hace falta un dinero prestado para la inversión en máquinas viejas que me sirvan para piezas de repuesto, y para comprar herramientas de trabajo y un carretón para el burro.

—Ah, bueno, cuando encuentre a alguien que se lo preste, venga, yo le ayudo a contarlo.

Fernández entra para la casa y le tira la puerta en la cara. Urbino se va derrotado.

—Según todos esos cálculos que usted ha hecho —le dice Genaro devolviéndole la libreta con las cuentas—, no me cabe la menor duda que en pocos meses tendremos un millonario en la zona. Yo lo admiro, lo quiero, lo respeto. Usted es uno de los mejores jóvenes con los que contamos hoy día por estos alrededores.

—Precisamente por eso necesito que me preste el dinero de la inversión.

—No me haga reír, Urbino. Yo vivo del salario. Fíjese que este mes, para comprar un pedazo de carne, tuve que vender la olla de presión, y ahora mi mujer está ablandando los frijoles a macanazos, como en los tiempos antiguos.

Genaro se pone el sombrero, sale de la oficina y lo deja. Urbino se queda pensativo durante unos minutos, hasta que también sale a la calle. La tarde está soleada y el cielo limpio. Urbino sale a caminar un tanto desorientado, para organizar las ideas.

Desde el comedor, Pipo escucha a Arturita y a Urbino discutiendo en el portal. En ocasiones se mueve hasta encontrar un mejor ángulo, pues hablan para no ser oídos.

—No siga insistiendo—susurra Arturita—, usted sabe que Pipo no va a querer.

—Si usted se lo pide, como cosa suya, si usted le implora, él le presta el dinero. Eso va a ser bueno para la prosperidad de los tres.

—¡Que no le dije!

—Está bien. Voy a pedir el dinero al garrote—dice Urbino amenazante—, mil pesos, para pagar mil quinientos en tres pagos.

Sale Pipo con un periódico. Urbino intenta ponerse de pie.

—No, mijo, quédese sentado—le dice Pipo amistoso—. En un final, usted debe estar cansado de tanto trajín. Lo considero. No es fácil tener a cargo una casa, con una mujer que no trabaja, más un suegro viejo y enfermo.

Arturita y Urbino se miran sorprendidos por la inusual actitud de Pipo.

—Qué fuera de esta casa sin usted... —continúa Pipo lastimoso—. Y para más desgracia, desempleado.

—No se preocupe, Pipo —le dice Urbino—. Hasta ahora nos hemos ido bandeando con su chequera, más la chapea de patios que yo hago.

—¿Usted leyó el periódico? —pregunta Pipo—. Autorizaron una gran cantidad de patentes para cuentapropistas. Yo quisiera tener su edad para montar un negocio. La juventud de hoy no sabe lo que se está perdiendo. Yo, por ver un joven prosperar, soy capaz hasta de prestarle dinero, aunque sea con un mínimo interés.

—¿De verdad, Pipo? —le expresa Arturita con entusiasmo—. Ay, qué bueno es usted…

—Y en caso de que apareciera alguien, ¿de cuánto sería el interés? —pregunta Urbino interesado.

—Una bobería, mijo: mil para mil quinientos, a liquidar en tres pagos.

Desde el portal de su casa, Fernández ve acercarse a Pipo, con el sombrero quitado, echándose fresco para mitigar el calor del mediodía.

—¡Pipo Pérez, cará! —lo recibe efusivo, conminándolo a pasar y sentarse—. Algo grande va a suceder cuando usted se toma el trabajo de venir por acá.

—Pues nada en especial. Estaba aburrido, solo en la casa, y me dije: la única persona que debe estar por ahí arrellanado, sin hacer nada, es Fernández.

—¿Cómo que solo? ¿Y Arturita y Urbino?

—La niña tiene montado un catre en Paso Diez, vendiendo unas piezas de máquinas de coser que nadie quiere comprar.

—¿Cómo que vendiendo piezas? ¿Urbino no tiene montado un negocio para arreglar máquinas de coser?

—Sí, casualmente yo le presté el dinero, pero después que hizo la inversión descubrió que a ciento cincuenta kilómetros a la redonda solo hay una Singer, que nunca se ha roto.

—¡Ay, Dios del cielo, qué embarque!, menos mal que yo no le hice el préstamo. Y ahora ¿cómo ese muchacho le paga a usted ese dinero?

—Bueno, Urbino está trabajando de doméstico en casa de los García. Dicen que cuida tres viejas —ríe con ganas Pipo mientras habla—, una perra y un estanque con cuatro clarias. Hace unos días se le salió una claria y por poco le come a una de las viejas. El primer sueldo se lo tuvo que gastar en medicinas para curarla. Yo estoy esperando los tres meses en que se vence el plazo acordado, para demandarlo por estafa y que lo metan preso.

Colaborador

«Tal vez sea por la yegua que se le perdió a Mongo Sierra, y crean que yo tengo algo que ver —piensa Urbino mientras Guaro revisa papeles sin hablarle—. O porque tomé café en casa de Leopoldina el día del aguacero, y era ilegal».

Urbino está muy nervioso, Guaro lo observa sentado desde su buró.

—Mire, Guaro, acabe de decirme para qué me mandó a buscar. Todavía debo ir a atender los animales y hacer unas gestiones en Palmarito Arriba.

—Yo he estado revisando su historial y usted es el hombre indicado para lo que necesito: me hace falta un colaborador, alguien que me dé información de lo que está pasando en la zona, y como usted en varias ocasiones ha estado detenido, nadie va a sospechar.

—Lo siento mucho —responde Urbino poniéndose de pie—, a mí no me gustan esas cosas, precisamente porque sé lo que se siente al estar encerrado aquí —se dirige a la puerta de salida—. Búsquese a otro, yo ya tengo bastante con mis problemas.

—Si yo fuera usted, aceptaba la propuesta —amenaza Guaro.

Urbino se detiene y Guaro cambia el tono por uno más amistoso.

—No me dé la respuesta ahora. Piénselo y aconséjese, en definitiva yo hago esto por su bien.

—Está bien, voy a pensarlo —cede Urbino—, con tal de que me deje tranquilo. Cuando tenga una respuesta se lo digo. Hasta luego.

Sin dejar de cocinar, Arturita está pendiente de Urbino y Pipo, que conversan confabulados en la sala, sin permitirle participación ni dejarle saber de lo que hablan.

—Yo quería que me aconsejara —ruega Urbino—, porque usted es una persona vivida, y no sé qué hacer.

—Esas cosas no hay que pensarlas mucho, Urbino. Tiene que ponerse de parte de la autoridad. Además, usted tiene que encaminarse, hacerse un hombre de bien, y esa es una carrera bonita —Pipo se le acerca para hablarle más íntimo—. Se lo digo porque yo trabajé mucho tiempo en eso mismo en la zafra del setenta.

—Urbino, hace falta que traiga carbón para hacer la comida—reclama Arturita tratando de llamar la atención.

—Ya voy, Arturita —responde Urbino sin mucho interés, porque su cabeza sigue en lo que le ha dicho Pipo—. Oiga, pues yo no sabía eso.

—Claro que no, Urbino. Nadie se enteró nunca, yo hice muy buen trabajo.

—Pipo, ¿quiere que le haga un poquito de café? —insiste en interrumpir Arturita desde la cocina.

—Ahora no, niña —responde Pipo. Después le propone a Urbino—. Si usted quiere, le puedo prestar la grabadora que yo tenía para grabar lo que hablaba la gente en aquellos ajetreos de la zafra.

—Ah, ¿y la cosa es con grabadora y todo?

—Ya le dije que esto no es cualquier trabajo —responde Pipo conminándolo para que hable bajito—, hay que tener talento, hay que nacer con ese don. Mire, lo que usted debe hacer es ponerse a hablar mal delante de la gente, para sacarle información. Mientras, graba todo eso y luego le lleva el casete a Guaro. Venga, se la voy a dar.

Entran los dos para el cuarto. Pipo saca de una vieja maleta de madera una pequeña grabadora y le va indicando a Urbino los botones y el proceso de manipulación. Escuchan la voz de Arturita protestando en la cocina.

—Yo quisiera saber cuál es el cuchicheo que se traen estos dos… ¡Urbinito!, acabe de ir a buscar el dichoso carbón, digo, si quiere comer hoy. Total, para lo que hay de comida yo no debería ni cocinar.

Pipo acciona un botón en la grabadora y se reproduce lo que acaba de decir Arturita. Ríen.

Varios días anduvo Urbino tratando de recoger estados de opinión entre los pobladores sin lograrlo. La gente parecía andar a espaldas de la realidad. Él los provocaba, trataba de polemizar: «la falta de música instrumental se debe a la escasez de instrumentos musicales», les decía, y todos callaban. «Se nubla y es por gusto, porque no llueve», enunciaba, y la gente clavaba la vista en el suelo para no involucrarse. Entonces se iba para otros poblados. Provocaba a los jóvenes por ser más arriesgados: «Yo no sé qué piensa la empresa pecuaria para resolver el problema de las botas de agua». Ellos optaban por besarse, o iniciar juegos tontos y sin sentido, ganaran o perdieran. «El camino a Paso Diez, si no le pasan un buldócer y rellenan los huecos, se nos llenará de clarias cuando caigan los primeros aguaceros», decía en el fervor caluroso de las colas. Y se armaba el desorden, o las broncas por la desaparición del último, para que su criterio perdiera interés en un posible debate. Era como si el mundo se fuera arrinconando o todos se hubieran puesto de acuerdo para dejarlo solo.

Felipa y Fernández se encuentran con Pipo en el trayecto entre Palmarito Arriba y Paso Diez.

—Cómo anda, Pipo Pérez —se adelanta en decir Fernández.

—Bien, Fernández, menos mal que me los encuentro, porque iba para su casa.

—¿Y eso? —dice Felipa—. ¿Le pasó algo a Urbinito?

—No, hija, bicho malo nunca muere. Les puede pasar a ustedes si yo no los prevengo del sinvergüenza ese.

—Hable, Pipo, ¿qué pasa? —se preocupa Fernández.

—Que al pamplinoso de Urbino se le ha metido en la cabeza que lo capten para el cuerpo de policía, y anda con una grabadora sacándole información a la gente para ganarse puntos con Guaro Leiva. Pero como yo soy un hombre de sentimientos nobles, se lo he dicho a todo el mundo en la zona para que nadie caiga en ese engaño. Bueno, ahora les dejo, nada más me queda por avisarle a la familia de los Gutiérrez.

Sentado en el portal de la casa de Fernández, Urbino no para de hablar. Felipa y Fernández se limitan a escucharlo.

—Yo he estado pensando hasta en irme de esta zona. Aquí la situación está muy mala. Si aunque sea nos dieran un carretón nuevo para los viajes a Paso Diez. ¿Verdad, Fernández?

Fernández hace gestos de no saber, moviendo los hombros sin emitir sonido.

—Mire el caso de Felipa—insiste Urbino—. Una muchacha joven y bonita metida en este monte, donde no hacen ni un baile. Aquí solamente es trabajar y dormir como si fuéramos animales.

Mira a Felipa buscando aprobación. Felipa imita a Fernández. Urbino hace otros comentarios. Fernández y Felipa siguen sin hablar.

No había terminado Pipo Pérez de cerrar el pozo cuando sintió que alguien lo miraba. Temió volverse y verlo ahí. No era la primera vez. En ciertas épocas lo veía venir con la misma edad de otros años. Como si lo hubiera perpetuado el tiempo y el amor de Alfreda.

—Buenas, ¿cómo anda? —dijo la voz que lo devolvió a la realidad—. ¿Usted es Pipo Pérez?

Ya seguro de que no era el Mulato de los Iznaga, tuvo el valor para virarse a mirar a aquel hombre vestido de verde olivo, larguicho y de excelente apariencia.

—Sí, yo mismo, para servirle —le respondió Pipo.

—Yo comencé a trabajar hoy de jefe de la PNR en la zona, porque a Guaro Leiva lo enviaron a cumplir servicios en otra región.

—Bueno, pues aquí tiene su casa. Venga y siéntese.

—Me han llegado buenas referencias suyas —dice con intimidad el hombre, mientras se sienta y comprueba que no hay nadie más—. Necesito a alguien, como usted, de confianza, para que me dé algunas informaciones. No sé si me entiende.

—Perfectamente, oficial —responde Pipo adulón—, es un honor para mí. Además, yo tengo experiencia en ese trabajo.

—Me alegro mucho de poder contar con usted. Así que, cualquier cosa extraña, o comentario mal intencionado, me lo hace llegar.

—Pues creo que le tengo trabajo adelantado, espere un momento ahí.

Entra a la casa y sale con la grabadora de Urbino.

—Lo que tengo aquí es algo grande.

Acciona un botón y se escucha la voz de Urbino.

—Eso es algo gordo, Pipo Pérez. ¿Y dónde puedo encontrar a ese ciudadano?

—Si se apura, lo agarra en el río bañando al burro, un burro que sabrá Dios de dónde lo sacó. Oiga, oficial, y no se deje envolver por lo que invente para justificarse, ese es más leguleyo que el que inventó la justicia.

Pipo ríe, y el guardia se aleja en dirección al río.

La misión

Desde su llegada a la zona para investigar el comportamiento de arácnidos y coleópteros en un ambiente tropical, El Argentino, como le decían los pobladores, estuvo vinculado estrechamente a Urbino. Su trabajo de arriero le permitía el acceso a zonas inhóspitas de la montaña, además de su habilidad innata para el trato casi humano con animales raros y la captura o recolección de bichos de ensueño.

—¿Usted sabe cuál es mi mayor tristeza? —le dijo El Argentino a Urbino—: que en apenas unos meses debo regresar a la Argentina, y los voy a extrañar mucho. Sobre todo a usted, que me ha sido tan útil.

—Lo mismo me pasó a mí cuando estuve estudiando en la Unión Soviética —responde Urbino—. Les tomé tremendo cariño a unos moldavos que trabajaban conmigo.

—Por eso he estado pensando, digo, si a usted le parece bien, invitarlo a que se pase un tiempo allá, trabajando en un negocio de arrias de mulos que quiero montar en Las Pampas.

—Imagínese —le dice Urbino sorprendido—, no sé qué decirle.

—Usted va a serme indispensable —insiste—, sobre todo en la primera etapa, para el adiestramiento de los gauchos en el arte de la arriería.

—Claro que sí —al fin asiente Urbino con alegría—, pero tiene que darme tiempo para convencer a mi familia.

—Lo entiendo, Urbino, sobre todo para la cuestión referida a los trámites. Me imagino lo engorroso de ese proceso por acá. Pero tómese el tiempo que quiera. Mi proyecto no es inmediato.

La llegada de Urbino a la casa cortó la alegría de Pipo Pérez, que mirando a Arturita remendar una vieja camisa, rememoraba pasajes de las movilizaciones durante la zafra del setenta.

—Arturita, tengo que hablar con usted —dice Urbino entrando para el cuarto.

—Sí, Urbinito, en cuanto termine aquí voy para allá.

—Entonces, en ese momento —prosigue Pipo retomando su carácter alegre—, llega al albergue una convocatoria para ir de misión a cortar caña a Centroamérica.

Urbino, que evidentemente ha estado escuchando, sale hasta la puerta interesado.

—¿A quién usted cree que le dieron el viaje? —le pregunta Pipo Pérez a Arturita.

—Al Mulato de los Iznaga —responde ella convencida.

—No —dice Pipo molesto—: a Diógenes Arencibia. El descarao del Mulato de los Iznaga enseguida hizo la solicitud, pero yo, como secretario de la sección sindical, convoqué de inmediato a una reunión de méritos y deméritos. Como él fue siempre un rezagado, no tenía donaciones voluntarias de sangre ni había dado el paso al frente en la lucha contra el bórer de la caña, ni en la guardia obrera.

—Pero bueno, Pipo —le dice Arturita extrañada—, ¿no dicen que el Mulato de los Iznaga era uno de los macheteros que más caña cortaba?

—¿Y eso qué tiene que ver? —responde Pipo, ya de pie por la molestia—. ¿Cómo se le va a ocurrir pedir un viaje sin un aval y sin tener el mérito de haber salvado una vida?

Pipo hace por entrar para el cuarto, y al ver a Urbino en la puerta, se indigna por partida doble.

—Y usted —le dice a Urbino mientras lo aparta para pasar—, váyase un rato por los potreros a perder el tiempo, que voy a dormir y no quiero pendencieros que se metan en lo que estoy soñando.

Urbino espera impaciente a que Fernández termine de leer el documento. Hay cruces de miradas y ligeras sonrisas.

—Está muy bien redactada —concluye Fernández—. Muy bueno el uso de los adjetivos, la sintaxis y la ortografía, pero, para yo firmar ese aval, usted debe quitarle el primer, el segundo y el tercer párrafo.

—Pero, Fernández —reclama Urbino mirando el papel—, si le quito eso, solo se quedaría en: «el compañero Urbino es buen arriero».

—Y eso es lo que es usted, Urbino. Lo demás que puso yo no lo puedo atestiguar.

—Cuando yo estudiaba en la Unión Soviética —asegura Urbino—, rescaté a una koljosiana de entre los abedules.

—Sí, mijo, se lo creo, pero en ese momento yo no estaba en la URSS. Estaba aquí, ripiándome las pestañas para garantizar el cumplimiento de los planes quinquenales de la empresa pecuaria.

Urbino trata de aportar otros argumentos, cuando llega Guaro tapándose con una capa.

—¿Qué dice la familia? —dice Guaro efusivo.

—Óigame: o usted se nos ha vuelto loco, o yo me estoy quedando ciego —le expresa Fernández burlón—, porque, que yo sepa, no está lloviendo como para andar con una capa puesta.

—Aquí no —le responde Guaro, despojándose del atuendo—, pero para Rincón del Perro está cayendo un temporal que da miedo. Andamos buscando gente que ayude, porque tenemos algunos incomunicados del otro lado del río.

Casi sin dejarlo terminar, sale Urbino corriendo.

—Urbino, ¿qué le pasa? —le grita Fernández.

—Voy a salvar gentes —responde Urbino desde el camino sin detenerse—. Tal vez alguien se está ahogando.

—Ese muchacho está loco —comenta Guaro mirándolo alejarse—. El río creció, y lo que queremos es gente que nos ayude a controlar el personal, para que no se tiren, porque ya mandamos a buscar los helicópteros.

—Pues ojalá y yo me equivoque —dice Fernández también mirándolo—, pero no sé por qué tengo el presentimiento de que Urbino se va a tirar al río.

—Si se tira, que trate de ahogarse —sentencia Guaro—, porque si no, lo voy a meter preso.

Situaciones no previstas en los insumos propios para la investigación científica, y unas manchas raras descubiertas a última hora en una araña enana obtenida in vitro, hacen que el viaje a la Argentina tenga que hacerse lo antes posible. Y así se lo hizo saber El Argentino a Urbino.

—No se rompa la cabeza, Argentino, que la araña es araña, aunque nazca en cuna de seda —fue la respuesta dada por Urbino desde su empirismo e ingenuidad científica.

—A mí lo que me parece es que a usted no le interesa ir a mi país. Y si es así, me lo dice, para buscar a otra persona.

—Sí estoy interesado —asegura Urbino—, lo que pasa es que no se me ha dado la oportunidad de aumentar mi aval. Pero no se preocupe, no busque a nadie más, que ese viaje es mío.

Urbino no deja de mirar a Arturita, pero tampoco se atreve a hacerle la propuesta. Ella se ha dado cuenta de que algo raro anda rondando en esa mente prodigiosa que no ha tenido descanso desde que la conoció de la mano de Pipo Pérez, cuando todavía la llevaba una vez al mes a pasarse un rato con su madre.

—¿Qué usted se trae entre manos, Urbinito? —le dice, mientras le da el cocimiento de caña mexicana, con raíz de guizazo de caballo.

—Nada…, es que… me dijeron… que el mejor remedio para este dolor de riñones es el agua de coco.

—Ah, pues vaya a Paso Diez y compre cocos en el agromercado.

—Con el precio que tienen los cocos hoy día, es preferible abrirse la panza, sacarse los riñones y quitarle la infección con un estropajo.

—Entonces, tómese ese remedio, porque usted, en esas condiciones, no puede subirse a la mata.

—Yo no, pero… tal vez usted sí.

—Ni que yo estuviera loca…, capaz que me caiga de la mata.

—Si se cae, yo la salvo.

—¡Que no le dije! —concluye Arturita—. Y se acabó la conversación.

Urbino entra para la casa. Llega Pipo.

—Pipo, ¿por qué se demoró tanto?

—Ay, mija, para qué le cuento.

Urbino se ubica curioso detrás la ventana, mientras Pipo se desahoga.

—Yo no sé qué esperan los que tienen que ver con el arreglo de las carreteras para tapar el bache que hay en la curva de los García. Si no es porque uno de los hijos de Melquiades me saca del hueco, ahora no estuviera haciendo el cuento. Tengo que ir mañana temprano a la pecuaria, para que le den un mérito a ese muchacho.

—Es que usted ya está muy viejo para andar solo por ahí —se lamenta Arturita.

—¿Y quién va a hacer los mandados? —dice Pipo molesto—. Si usted tuviera un marido que valiera la pena, como el hijo de Melquiades, a nosotros nos iría mejor.

—Hable bajito —intenta calmarlo Arturita—, que Urbinito está en el cuarto con un dolor.

—¡Pues que me oiga! —grita Pipo—. Por su culpa estoy perdiendo la vida a cada rato. También eso tengo que decirlo en la pecuaria.

El grupo de campesinos se ha corrido para guarecerse del sol y ahora conversan a la sombra de un árbol.

—Bien, compañeros —habla Fernández—. Este es un encuentro poco usual, porque se hace a solicitud de los factores sociales de la zona y no de la pecuaria en específico, como es habitual. El motivo es uno: saber la disposición del campesinado para la donación de los órganos vitales. El que esté dispuesto, que lo exprese levantando la mano.

Pipo Pérez es el primero en levantar la mano.

—Muy bien por Pipo —continúa Fernández—. Esa es la disposición que necesitamos. A ver, Pipo, ¿qué órgano usted está dispuesto a donar?

—No —responde Pipo—. Yo lo que quiero es que me aclaren. Porque nosotros, más que dar, lo que necesitamos es que la gente de Cultura nos mande un órgano, aunque sea una vez al mes, para las actividades recreativas. Que yo recuerde, desde la fiesta de fin de zafra del setenta aquí no dan un baile.

—No diga eso, Pipo —aclara Fernández—. Cuando el último ciclón nos tumbó las casas, trajeron un grupo de música moderna.

—Verdad que sí —dice Arturita con ironía—. Trajeron la planta de dar corriente y se metieron cinco horas afinando los instrumentos, y cuando empezaron, a mitad de la primera canción se acabó el combustible y ahí mismo terminó la fiesta.

—Perdonen que intervenga, porque yo no soy de aquí—interrumpe El Argentino—, pero de los órganos que se está hablando es de los vitales: riñones, corazón… Y yo como hombre de ciencia sé la importancia que tiene esa decisión para salvar una vida.

—¡Eso mismo, compañeros! —aclara Fernández—. Ya en Paso Diez se hizo la reunión, y dicen que un compañero dio el paso al frente y donó dos de sus órganos, porque había un caso muy grave en el hospital, creo que un accidentado en una motocicleta.

Por el camino llega Urbino en muletas sin una pierna y con un ojo vendado.

—¡Ay, Urbinito! —grita Arturita, y va a socorrerlo—. Mire lo que le pasó por andar montado en una motocicleta.

—No, Arturita —aclara Urbino adolorido, pero feliz—. Yo fui el que donó los órganos. Vengo para que Fernández me firme el aval por salvar una vida.

—Claro que sí, mijo —le dice Fernández con entusiasmo—. Venga mañana por mi oficina. Un aplauso para Urbino.

—¡Urbinito! —pregunta El Argentino—. ¿Qué usted ha hecho?

—Ganarme el mérito para que me autoricen el viaje —responde Urbino.

—Pero es que en esas condiciones no puedo llevármelo —se lamenta El Argentino—. No tiene sentido.

—Vaya a ver al hijo de Melquiades —le sugiere Pipo al Argentino entre risas—, ese tiene el mismo mérito que Urbino, y está completo de pies a cabeza.

—Y después pase por la unidad —le dice Guaro a Urbino—, pues no sé por qué tengo la impresión de que el accidente no fue accidental.

La soledad

Pipo se ha pasado el día muy triste, arrinconado. Hay tiempos en que se le nota más esa carga que terminará por derrumbarlo. Urbino cree tener la solución y no duda en comentársela a Arturita.

—¿Y qué ganamos nosotros con que Pipo se busque una mujer? —pregunta ella.

—Que matamos dos pájaros de un tiro —le responde Urbino—. Él resuelve la situación de la soledad, y nosotros podemos dedicar más tiempo a nuestros compromisos de marido y mujer.

—Usted nada más piensa en eso. Pipo tiene razón cuando dice que usted es un... ¿Y cómo piensa convencerlo?

—Asustándolo —propone Urbino—. Sáquele conversación sobre el tema. Dele, invente cualquier cosa.

—Urbinito —dice Arturita para que Pipo oiga—. ¿Usted sabe quién se casó?

—No. ¿Quién se casó?

—Mongo Sierra —responde Arturita—. Dicen que hizo una boda de lo más linda. Llenaron la yunta de bueyes de globos. Él se encaramó en Grano de Oro y ella en Margarito, y le dieron la vuelta a todo Paso Diez sonando los cencerros.

—¡Arturita! —grita Pipo—. Hágame un cocimiento de mastuerzo, a ver si se me quita el dolor de cabeza, y no siga de pamplinosa.

Arturita se va para la cocina.

—Me imagino al viejo ese vestido de blanco —comenta Pipo—. A la verdad que hay gente ridícula. Y usted, ¿qué me mira?—le pregunta a Urbino.

—No, nada —responde Urbino—. Estaba pensando que usted debería hacer lo mismo. La pareja da alegría, salud…

—Y malos ratos —dice Pipo—. ¡Arturita! Traiga el cocimiento antes de que se me reviente la cabeza.

—¡Ya va! —responde Arturita desde la cocina.

Le dice Urbino a Pipo:

—El problema que usted tiene
en el carácter, presiento
es poco mantenimiento,
y eso a usted no le conviene.
El hombre que se mantiene
tanto tiempo sin hacer
el amor, puede correr
el riesgo, ¡que Dios no quiera!,
de que el miembro se le muera
por la falta de mujer.

—Eso ya yo lo he pensado,
pero usted debe entender,
que yo no quiero mujer.

Yo no quiero estar casado.
Desde que fui traicionado,
juré quedarme soltero.
Por eso es que yo no quiero,
aquí, una mujer metía,
porque la que yo quería
se me fue con un cuatrero.

—Usted debiera pensar,
por el momento, aunque sea,
en buscarse una bien fea
que no le quieran quitar.
Yo lo pudiera ayudar,
porque peor puede ser
que se le empiece a caer,
y el buen padre de Arturita
se nos vuelva una viejita
por la falta de mujer.

—Yo no creo que su malsana
Propuesta sea Evarista,
que esa vieja, aunque se vista,
no se sabe si es humana.
Me la imagino en la cama,
y yo solo, sin ayuda.
Es preferible la cruda
realidad de no casarme,
a la idea de encontrarme
con Evarista desnuda.

—Pues si sigue así, yo creo,
que tendrá el inconveniente,
que con el tiempo la gente

lo coja para el choteo.
Usted no es un viejo feo,
alguien lo puede querer,
porque si no, lo he de ver,
si el tiempo sigue pasando,
metido en el otro bando
por la falta de mujer.

Pipo se levanta lentamente. Amenazante. Urbino también se levanta con miedo.

—¡¿Qué usted me está queriendo decir?! —dice Pipo.

—Yo no —se defiende Urbino—. Eso de la transformación quien lo dice es la ciencia.

—¡Arturita! Deje el cocimiento y prepárele la ropa al que, hasta ahora, era su marido —luego le dice a urbino:

—Si la falta de mujer,
según ha dicho la ciencia,
puede ser la consecuencia
de invertir el proceder,
prepárese para ser
un hombre bien femenino,
pues tendrá como destino,
ahora que está soltero,
casarse con el primero
que se encuentre en el camino.

Pipo agarra la escopeta y sale detrás de Urbino, que huye.

El chantaje

—¡Que no le dije! —reacciona Felipa ante la propuesta de Pipo—. Bastante trabajo que pasé en conseguir marido, para perderlo así como así.

—Entonces no me queda otro remedio que decirle a su marido que usted no le quita la vista de encima a Urbino —amenaza Pipo.

—Dios lo libre, Pipo Pérez —dice Felipa asustada—. Usted no sabe lo celoso que es. Fíjese que desde que sabe que Urbinito regresó de nuevo, no me deja sacarme las cejas ni delinearme los ojos.

Sin que Felipa lo perciba, Pipo enciende una pequeña grabadora de bolsillo.

—¿Y eso por qué? —le pregunta Pipo mostrando interés.

—Porque aquí todo el mundo sabe que Urbinito es el macho de mis sueños.

Pipo, triunfante, saca la grabadora y se la pone a Felipa para que oiga lo que acaba de decir.

—Borre eso, Pipo Pérez, porque va a desgraciarme.

—Si no me ayuda para que Arturita se separe de Urbino, le entrego la grabación a su marido —sentencia Pipo y hace por irse.

—Espere —se le interpone Felipa asustada—. ¿Qué tengo que hacer?

Urbino llega cansado y triste a la casa de Fernández y lo recibe Felipa.

—¿Qué lo trae por acá, Urbino?

—Necesito hablar con su madre, a ver si me da dos o tres consejos. Tengo problemas con Arturita porque no quiere salir embarazada.

—¿De verdad? ¡Ay, qué bueno! Digo…, ¡ay, qué pena! Mamá fue a santiguarse el mal de ojo.

—¿Y Fernández?

—Fue a Paso Diez a graduarse la vista. Últimamente está que no ve nada. Aunque, bueno, por aquí, a no ser usted, no hay muchas cosas que ver.

—¿Y su marido?

—Tampoco está. Estoy solita. Venga —se le insinúa zalamera—, pase. Si usted lo que quiere es una barrigona, yo le puedo dar lo que usted necesita.

—No, gracias. Hasta luego —responde Urbino y hace por irse.

—Espérese —lo detiene Felipa—. Yo quería que usted fuera el padrino de Urbinito.

Se señala la barriga y Urbino se queda desconcertado.

—No me diga que le va a poner mi nombre al muchachito.

—¿Y eso qué tiene que ver? ¿Será usted el único Urbinito que hay en el mundo? Un amigo de un sobrino, de un entenado, de un tío de mi marido se llama así también. Es por eso que queremos ponerle ese nombre.

—A mí no me interesa de dónde le viene el nombre. Lo que no quiero es más problemas con Arturita. No seré el padrino, para que lo sepa —le advierte.

—Pero... ¿por qué? A ver, deme un motivo.

—Porque ya bastantes problemas tengo con mantener una mujer y un suegro. Un padrino tiene casi las mismas obligaciones de un padre.

—Por eso mismo, usted sabe que este niño no es suyo de pura casualidad. ¿O es que ya no se acuerda que estaba muerto conmigo? Lo que pasa es que yo nunca tuve ojos para usted —dice ella despechada.

—No seguiré hablando con usted —responde Urbino y hace por irse.

—Si me deja la palabra en la boca, voy a decir que esta barriga es suya, aunque me cueste el matrimonio —amenaza Felipa.

—Dígame, ¿qué quiere de mí? —termina aceptando Urbino.

—Espere un momento.

Felipa entra a la casa y enciende la grabadora.

—Es que parece que debido al mal embarazo las comidas me están haciendo daño, y como dicen que usted pasó un curso en Rusia para quitar el empacho por la pierna, quisiera que me pasara la mano, digo, si no quiere verse en problemas con su mujer.

—Está bien —acepta Urbino y entra para la casa.

—¿Y por qué usted se opone? —le reclama Arturita a Pipo—. Él es trabajador, y me quiere. ¿Qué tiene de malo que yo le dé un hijo?

—Urbino no es mala persona —dice Pipo calmado—, lo que pasa es que... es muy mujeriego.

—No voy a creerle. Usted lo que no quiere es que yo le para.

—Ah, ¿no me cree?

Entra al cuarto, busca la grabadora y la enciende. Se escucha la voz de Felipa gritando: «¡Ay, Urbinito!, ¡qué bien usted lo hace!». Luego le sigue la voz de Urbino: «No grite tanto Felipa, que me desconcentra».

Arturita, desesperada, agarra la escopeta y sale al patio. Ve a Urbino que viene por el camino y comienza a dispararle.

La carta

—Me parece una buena idea, Urbino —le dice Genaro—. Pero prepárese, porque hasta donde me han dicho, ese proceso es largo y engorroso.

—Yo pensé que era ir y comprar —dice Urbino.

—No, ¡qué va! Un compañero mío se metió en ese asunto, y cuando logró que le dieran la carta de autorización para efectuar la compra, le dio una parálisis facial debido al estrés.

—Ah, ¿porque se necesita una carta?

—Sí, pero para que te la den, te piden cien mil requisitos: avales, dinero justificado, currículo, firmas, autorizo…

—¿Y usted puede ayudarme en la tramitación?

—Cuente conmigo —le asegura Genaro amistoso.

—Entonces, manos a la obra —dice Urbino—, que de los cobardes no se ha escrito nada.

—Por última vez le pregunto —le dice Urbino a Arturita—. ¿Sí o no?

—¿Qué usted me aconseja que le responda? —le consulta Arturita a Pipo, que ha estado escuchando la discusión.

—¿La idea se le ocurrió a su marido? —pregunta Pipo.

—Sí —responde Arturita.

—¿Y a usted le parece buena idea?

—Sí.

—¿Y él dice que con eso podemos prosperar?

—Sí.

—Pues dígale que no.

—A mí no me gusta mentir —le dice Arturita a Urbino—, así que olvide el asunto.

—A usted lo que no le gusta es ayudarme —se lamenta Urbino—. No hay idea que yo tenga que a usted le parezca buena.

—Porque no son buenas, Urbinito —le aclara Arturita—. Desde que lo conozco, nada le sale bien.

—Ah, ¿no? —dice Urbino—. ¿Y de qué se vive en esta casa? ¿De dónde salió el dinero para la reparación y remodelación?

—Es verdad —termina aceptando Arturita—: del pozo que le hizo a los García.

—Pero recuerde —aclara Pipo—que después tuvo que vender el radio para comprar un manantial, porque el pozo no daba agua. Un radio moderno que me gané en la zafra del setenta.

—Y no solo el radio —lo apoya Arturita—, también vendió el carretón, y la sortija que usted me regaló cuando cumplí los quince.

—Es lo que yo digo —comenta Pipo—: al paso que vamos, en menos de cincuenta años más nos quedamos en la ruina.

—Está bueno ya —termina diciendo Urbino—. Me voy para Paso Diez. Quizás aparezca alguien que me ayude.

—Espérese, Urbinito —se interpone Arturita asustada—. ¿Qué es lo que tengo que hacer?

—Hacerse la embarazada —le pide Urbino—. Así será más fácil que me autoricen la carta para efectuar la compra, porque con la carta hago la compra por el Estado y me sale más barato.

—¿Una carta? —comenta Pipo entre dudoso y burlón—. Ahora si se volvió loco. El pamplinoso se piensa comprar un carro. Tendrá que adaptarle unos pedales para que le alcancen las paticas cortas.

—No, Pipo —le aclara Urbino—. Quiero comprar una vaca. El precio de la leche aumentó y con una vaca podemos hacernos de un buen dinero.

Urbino se va.

«Así que aumentaron el precio de la leche», piensa Pipo al ver a Urbino alejarse.

—¡Niña! —grita Pipo—. Pláncheme la camisa de salir, debo ir a hacer unos trámites.

—No pensará comprarse una vaca también —le cuestiona Arturita.

—No, mija, algo más económico. Lo importante es hacerle la competencia a Urbino con la venta de leche.

—¿Y por qué usted cree que sea una úlcera en el estómago? —le pregunta Fernández a Pipo.

—Porque sí, Fernández —responde Pipo—. La jamonada que dieron este mes me intoxicó, el pan me da acidez, al picadillo no le encuentro sabor, el café me da aventazón...

—¿Y no ha probado —le susurra Fernández, mirando para ver si lo escuchan—con la carne... de res?

—No, esa hace no sé cuántos años que no puedo ni verla..., fíjese que el último médico que me vio, me dijo: «Tiene que levantar la hemoglobina», y le respondí: «Pues si la quiere ver más arriba, para la próxima tendrá que hacerme el análisis encaramado en una mata de guásima».

—Todo eso está muy bien —dice Fernández—, lo que yo no entiendo es cómo lo puedo ayudar.

—Hablando con un médico para que me mande una dieta de leche.

—No, Pipo. Esas cosas son personales. Yo no tengo autoridad para ese tipo de trámites.

—¿Cómo qué no tiene autoridad? —insiste Pipo—. Usted es el jefe de la empresa pecuaria. Y la pecuaria tiene médicos.

—Pero los médicos de la pecuaria son veterinarios —aclara Fernández—. Además, usted no es trabajador de nosotros.

—¡Pero soy jubilado! —dice Pipo molesto—, y participé en la lucha contra... el bórer de la caña.

—Sí, lo entiendo, pero usted no es un animal.

—Bueno..., ahora no lo soy —aclara Pipo—, pero trabajé como un buey en la zafra del setenta, movilizado. Y si no me resuelve el problema de la leche, voy a elevar esta situación por los canales pertinentes. Y si no me hacen caso, lo haré mediante un anónimo, que es más efectivo.

Pipo se aleja molesto.

—¡No,Pipo —le grita Fernández asustado—, un anónimo no!

—Menos mal que alguna vez usted hace algo dentro de la ley —le dice Guaro a Urbino después de leer y entregarle el documento.

—Yo pienso ir a comprar la vaca mañana —le comenta Urbino entusiasmado—, pero primero quiero ir a sacar la patente para el negocio de la venta de leche.

—Está bien, de todas formas yo voy a poner a algunos de mis agentes secretos a vigilarlo. No vaya a ser, que la vaca de seis litros y usted los convierta en nueve con agua.

—Usted habla como si yo fuera un delincuente.

—Yo hablo como me da la gana, Urbino. ¿O quiere que le decomise la carta antes de comprar la vaca? Ahora piérdase, que tengo cosas que hacer.

—¿Cómo usted va a decirme que no tienen vacas en venta? —le dice Urbino a Fernández muy disgustado, a la vez que señala para la corraleta—. ¿Y eso que hay ahí qué cosa es?

—Son vacas —responde Fernández calmado—, pero no podemos venderlas, están decomisadas por ilegalidades: cambio de ubre sin autorizo. Aquella, por ejemplo, la tenían haciendo el papel de buey sin la patente. Incluso, algunas las vamos a picar por la mitad para venderlas a otras empresas como repuesto.

—¿Y aquella? —señala Urbino una vaca gorda.

—Se la intervenimos al dueño porque en los papeles decía que comía hierba, pero cuando se le hizo la inspección técnica le habían hecho una adaptación para pienso.

—Pero tengo la carta. Hice todos los trámites. Yo con una vaquita de segunda mano me conformo, Fernández —ruega Urbino.

—Tendrá que esperar, Urbino. La única que teníamos disponible se la llevaron esta mañana. Casualmente la compró su suegro. La autorización vino de arriba —comenta Fernández a manera de chisme—. Y fíjese si Pipo tuvo suerte, que la agarró exenta de pago.

Testamento

Urbino limpia las botas y se prepara para salir.

—Así que su tía Evarista piensa hacer el testamento a favor de usted —le comenta Pipo dudoso.

—Así mismo —responde Urbino—. Nadie sabe lo que pueda suceder el día de mañana. Las personas mayores que tienen familia y son responsables hacen testamentos.

—No sea pamplinoso, Urbino. Una persona tan fea, como es el caso de Evarista, lo único que puede dejar es un mal recuerdo. Quisiera leer con mis propios ojos ese testamento.

Recita Urbino provocador:

—Cuando un viejo se encartona,
y anda siempre murmurando,
es que ya se está acercando
su cita con la pelona.
Y no es de buena persona
presentir ese momento,
y evitar un descontento
familiar, o un mal asunto,
si casi oliendo a difunto,
no ha hecho su testamento.

—Urbino, yo le aseguro,
si es que se refiere a mí,
que ese paso ya lo di
pues soy un hombre maduro.
Mas lo hice sin apuro,
y casi cuando era mozo,
no fuera a ser que, ya añoso,
de pronto me enterneciera,
y en el reparto incluyera
algún que otro pamplinoso.

—Su indirecta, aquí no cabe.
Si le hago este reclamo,
no es por mí, sino porque amo
a Arturita, usted lo sabe.
Para comprarle jarabe
si la pobre se me agripa,
para llenarle la tripa,
para que arregle su pelo,
y que reviente de celo
la envidiosa de Felipa.

No vaya usted a creer,
que nos lleva al precipicio,
pues no es mucho el beneficio
que tiene para ofrecer:
un rancho, casi al caer,
un cubo, una regadera,
una puerca que es pollera,
un gallo que nada vale
y un jarro que hasta se sale
porque tiene una pitera.

—Lo que usted no sabe, Urbino,
porque siempre está en la luna
es de la inmensa fortuna
que me dejó tío Justino.
Voy a fundar un casino
y un palacio en el batey,
voy a vivir como un rey
de mi fortuna gozando,
pero usted bajo mi mando
trabajará como un buey.

Dormirá en la noche fría
bien amarrado a una estaca,
y si me preña una vaca
yo le machaco la hombría.
Y no hable más catibía,
que está bien malo el asunto,
tan malo, que estoy a punto
de enseñarle con mi hierro,
quién es en Rincón del Perro
el que ya huele a difunto.

Pipo saca el machete y Urbino sale corriendo. Lo
sigue, pero desiste.

Urbino quiere un hijo

Escondida entre los árboles, Felipa espía a Arturita y a Urbino, que conversan alejados de la presión que Pipo les ejerce en la casa.

—¡Urbinito! —dice Arturita—, déjese de relajo y calentura, que puede pasar cualquiera y vernos.

—A esta hora no anda nadie por aquí, Arturita, únicamente un bicho de esos de los montes. Además, qué importa que nos vean, si en definitiva usted y yo somos marido y mujer. Tenemos que aprovechar estos momentos, en la casa Pipo no nos deja ni mirarnos.

—Usted tiene que entender a Pipo, Urbinito. Él es una persona mayor y tiene sus resabios, lo que hay es que darle tiempo.

—¿Tiempo de qué? Él nunca va a aceptarme como marido suyo —comenta Urbino con tristeza—. Vamos a tener que buscar una solución, porque a mí se me está llenando la copa.

«Hay que tener los ojos bien cerrados para no darse cuenta de que ella no lo quiere ni un poquito», piensa Felipa desde su escondite al escuchar a Urbino.

—La solución es que usted se lo gane poco a poco —le aconseja Arturita—. Pipo siempre me ha celado mucho. Yo soy lo único que él tiene en la vida.

—Por eso mismo yo estaba pensando —dice Urbino— que ya es hora de concretar usted y yo un buen apareamiento y tener un hijo. ¿Usted se imagina un niño chiquitico, así lindo como usted y como yo…? Es más, si yo me esfuerzo un poco y me pongo bien para la cosa, pueden salir jimaguas. Me imagino a Pipo, vuelto loco con los nietos…

Mientras Urbino habla, Arturita imagina a Pipo con dos niños montados a caballito, jugando de diferentes formas y en muchos lugares de la casa y el patio, dándoles la comida. Los niños dándole golpes a Pipo. Imagina a Urbino feliz, recostado a un taburete. De golpe, Arturita vuelve a la realidad y acciona sus manos, como si con esa acción pudiera evitar los pensamientos.

—¡Pues no me lo imagino, Urbino! —dice Arturita—. Yo a usted lo adoro, pero todavía estoy muy joven para tener hijos. Tengo mis aspiraciones con el curso por radio de corte y costura. Hasta puedo conseguirme un trabajito en Paso Diez. ¿O usted se cree que yo pienso pasarme la vida enterrada en estos cuatro montes?

«Por eso no la soporto: por sobresaliente. Mire que negarle un hijo a esa preciosura de hombre», se dice Felipa.

—Eso es lo que yo no entiendo de usted —reclama Urbino—. Dice que me quiere, pero ahora que le estoy dando la solución a nuestros problemas, se niega. Además, ¿cuándo piensa usted que debemos tener hijos? Ya todos los arrieros de por aquí tienen hasta cuatro y cinco descendientes. Yo nada más le estoy pidiendo uno, y mire como se pone. Yo lo que debería es arrancar y perderme por ahí, en un final aquí nadie me considera.

—¡Es usted el que no me considera a mí! —responde Arturita—. Y no se ponga así, que yo sí quiero un hijo suyo, pero deberíamos esperar un poco. Ahora las cosas con Pipo en la casa no están bien, y yo no estoy tan segura de que él se ablande con un nieto.

—Pues yo sí estoy seguro, porque conozco a la gente como Pipo, y se hacen los duros, pero en el fondo tienen un punto débil. Oiga, yo estoy convencido que cuando él sepa la noticia, va a poner el grito en el cielo.

Se escucha un grito de Pipo. Luego sale de la casa disgustado. Arturita lo sigue. Urbino observa desde lejos.

—No se altere así, Pipo —le pide Arturita—, si nada más le hice un comentario.

—¡Ay, Dios mío! —se lamenta Pipo—. Yo debería morirme antes de pasar un disgusto como este. Ahora, aparte de tenerme al pamplinoso ese metido aquí, también quieres tener hijos con él. ¡Ay, esta niña me ha salido mala cabeza, igual a la madre!

—Pipo, ¿mala cabeza por qué?, si yo lo único que quiero es tener hijos con Urbino, que es mi esposo. Y mire, vaya acostumbrándose a la idea, yo estoy enamorada y no quiero tener hijos si no es con él.

—¡Pues eso será después que yo me muera —dice Pipo alterado—, ese sinvergüenza lo que quiere es tener hijos para quedarse con todo mi patrimonio! Yo sabía que tarde o temprano iba a sacar las uñas el muy degenerao.

—Pipo —trata de calmarlo Arturita—, hable bajito, que ya debe de estar al llegar por ahí, y si lo oye no le va a gustar.

—¡Oiga para eso —dice Pipo haciéndose la víctima—, ya no puedo ni conversar en mi propia casa! Lo primero que ese vago debe hacer es buscarse un trabajo de respeto para que pueda mantenerse, y luego pensar en tener familia. ¡O se piensa que con la chequera mía se puede mantener una casa y un hijo!

—Tampoco hable así, Pipo —le aclara Arturita—. Urbinito bastante hace. Si con el trabajo de chapea de patio de día y el de custodio por la noche en la finca de los García apenas tenemos tiempo de vernos. Usted debería considerarlo más.

—A mí es al que deberían considerar más, con lo viejo e indefenso que estoy, lo único que hacen es darme disgustos. Ese degenerao te está metiendo esas cosas en la cabeza para que no tengas ni tiempo de ocuparte de tu padre —finge dolor—. ¡Ay, me duele el pecho!

—Ya, Pipo, cálmese por lo que más usted quiera —le pide Arturita preocupada—. Yo no voy a hablar más de eso. Esta tarde, cuando Urbino venga, voy a convencerlo de que lo de parir sea más adelante.

En un extremo del portal, Arturita y Pipo están expectantes en la puerta de salida. Urbino sale con el maletín y una caja.

—Ahora sí van a ser felices —les dice Urbino con la voz entrecortada—, ya me cansé de ser el último en esta casa.

—¡Mire a ver lo que usted va a hacer, Urbinito —amenaza Arturita—, porque si pone un pie fuera de esta casa no regresa más!

—Ya usted ve, niña —reafirma Pipo—, ese lo que quería era aprovecharse. A la primera discusión boba la deja plantada. ¡Pero si piensa que se va a llevar algo de esta casa, está muy equivocado, porque empezando por el maletín y todo lo que lleva dentro, usted lo obtuvo dentro del matrimonio, así que a la niña le corresponde también!

—Está bien —acepta Urbino dejando el maletín—. Quédese con todo, si en definitiva, aquí se queda lo que más yo he querido en la vida, que es Arturita, pero ella lo quiso así. Quizás por ahí hay alguna mujer que sí me quiera como yo merezco.

—No ha sacado el pie de la casa y ya está hablando de otra mujer —dice Pipo venenoso—. Tan ingrato y sinvergüenza como es. Hace tiempo tenía que haberse ido de aquí.

—Mejor me voy antes de que me desgracie —responde Urbino conteniéndose. Luego emprende el camino sin volver la vista para que no vean sus lágrimas.

—¿Viste cómo me amenazó, niña, aprovechándose que soy un viejo enfermo? ¡Ay, me siento mal! —dice Pipo fingiendo otra vez dolor.

Arturita consuela a Pipo, mientras mira cómo Urbino se va llorando.

Urbino toca en la puerta de la casa de Fernández. Mira para todos lados hasta asegurarse de que nadie lo ha visto. Le dice ante la puerta cerrada:

—Fernández, lo vengo a ver
para que me dé un remedio
o me sirva de intermedio
o hable con mi mujer.
Es que yo quiero tener
un hijo, y ella no quiere.
Me dice que no, que espere,
que ya habrá mejor momento.
Pero en esa espera siento
que la hombría se me muere.

Sin que Urbino se percate, llega Felipa de la calle y le dice zalamera:

—Qué estrella se va a caer,
o qué bien habremos hecho
para tener el derecho
de que usted nos venga a ver.

Si yo fuera su mujer,
no lo dejaba salir.
Lo tuviera sin vestir,
sentado en una butaca.
Y yo acostada en la hamaca,
Antojada y al parir.

—Pues si espera un embarazo
de mí quedará pa tía.
Piense en Guaro o en García,
que están en su mismo caso.
Apúrese a dar el paso
y olvídeme, por favor.
El tiempo es devastador,
y si ahora pasa trabajo,
con los años, ni un guanajo
le querrá hacer el favor.

Se defiende Felipa:

—Pues mire que es más probable,
con todo lo que usted diga,
que yo le dé una barriga,
y no la desagradable
de su mujer. No haga que hable,
que aquí sabe el barrio entero,
que mientras usted sea arriero,
Pipo no va a permitir
que ella para. Y de parir,
no es suyo: es del extranjero.

Entra Felipa para la casa y cierra la puerta. Urbino
saca el machete molesto, dispuesto a enfrentar la
injuria, amenazante.

—Estaré aquí hasta mañana,
Fernández, no se me esconda.
Salga para que responda
por lo que dice su hermana.
Fernández, esto no es jarana.

Felipa se asoma, y muy calmada le responde:

—Dice que aunque usted sea arriero
tiene, igual que el extranjero,
derecho al recién nacido:
si usted le da el apellido
y el otro el canastillero.

El divorcio

—Ya le dije: fue un favor que le hice a Felipa —asegura Urbino sin dejar de lavar—. Su mamá está enferma con un mal de ojo y me pidió ayuda porque Fernández tenía que buscar unos remedios.

—Mire, Urbino, no sea mentiroso —le dice Arturita sin dejar de apuntarle con la escopeta—. Fernández le dijo a Pipo, bien clarito, que usted se ofreció, y si no hubiéramos ido Pipo y yo a buscarlo a punta de escopeta, usted todavía estuviera metido allí, lavando con la sinvergüenza esa.

—Y la risa que tenían cuando estábamos llegando, niña —afirma Pipo mientras cuenta unos billetes—. Usted casi no se dio cuenta porque venía un poquito más atrás, pero las carcajadas de Urbino se oían en todo Palmarito Arriba. ¡Qué degenerao es este Urbino! Niña, deje de estar entreteniéndolo con la discusión, que en un rato vienen los Pérez a buscar el saco de ropa de ellos. Lo que ahora no recuerdo si era lavado y planchado o lavado nada más.

—¡Esta bueno ya! —dice Urbino dejando de lavar—. Me cansé de que me estén chantajeando. Si no quieren creerme, no me crean. Yo estaba allí sin maldad ninguna. Más bien yo estaba allí a ver si resolvía el problema del encarne de Felipa. Pero fíjese lo que voy a decirle, Arturita: cuando usted crea en mí, y en el amor que le tengo, me busca, porque yo no pienso pasar ni un día más en esta casa.

Urbino entra a la casa y sale con un bulto ropas suyas.

—Urbino, no se atreva a poner un pie en ese camino, porque va a arrepentirse —dice Arturita, pero Urbino prosigue la marcha—. Pipo, dígale algo.

—¡Ay, Urbino, no se vaya, por favor, no! —le grita Pipo fingiendo.

Arturita mira a Urbino, que se aleja y hace un último intento por retenerlo. Sus palabras parecen más una súplica que una amenaza.

—Yo no voy a tomarme el trabajo de ir a buscarlo de nuevo, óigame bien. Hace falta que después no le caiga el arrepentimiento. ¡Malagradecido!

Arturita entra para la casa llorando. Pipo ríe entre dientes.

«Hasta que yo no haga el remedio que me mandó el espiritista, no pongo un pie en casa de Pipo Pérez —se dice Urbino mientras camina, ya alejado de Rincón del Perro—. Total, para estar siempre peleando y disgustado…».

Ya está bien entrada la tarde y todavía anda Urbino sin rumbo y hablando solo. Se tropieza con Fernández.

—Oiga, yo sabía que usted era pamplinoso, pero no para tanto —le dice Fernández—. ¡No me diga que está echándose mentiras usted mismo!

—No, Fernández, lo que pasa es que me separé de Arturita hasta que resuelva un asuntico ahí. Es que siempre es una discusión por cualquier bobería, y Pipo metiéndose en todo. Me voy unos días para la casa de tía Evarista, hasta que...

—¡Hasta que se encuentre otra mujer con casa! —le comenta Fernández con ironía.

—No, ya le dije, hasta que yo resuelva un asunto —se defiende Urbino—. Por cierto, me haría falta guardar este maletín en su casa. Primero quiero hablar con tía Evarista, porque si le llego así, con ropa recogida, capaz que le dé un infarto.

—Claro que sí. Vamos, y no se me acongoje, que todas las mujeres son iguales.

Emprenden camino para Palmarito Arriba.

Guaro y Felipa conversan en el portal de la casa de Fernández. Hay ropa tendida en el patio.

—Tata se demora —comenta Felipa—. Lo mejor que hace es irse y regresar mañana, porque ya casi va a caer la noche.

—Lo mejor es que su hermano no esté —dice Guaro—. Así tenemos más tiempo de conversar sobre nosotros. Yo quería invitarla a mi casa, un día de estos, para que mamá la vea. Ella dice que se recuerda de usted cuando chiquita, que era muy peluda y desencabada..., y yo quiero que mire lo linda que está usted ahora.

—Pues dígale a «su madre» —responde Felipa de mala gana— que yo no salgo sola con hombres por ahí, y mucho menos a sus casas. Que soy una mujer decente.

Llegan Urbino y Fernández.

—Ah, Tata —lo recibe Felipa—, menos mal que llegó, porque hay visita hace rato y yo no tengo tiempo para atender a nadie.

—¿Cómo está, Fernández? —le dice Guaro familiar, y al reparar en Urbino cambia el tono—. Y ese milagro usted por aquí, Urbino, ¿se le perdió algo por los alrededores?

—No. Estoy visitando a las amistades —responde Urbino por cumplido, y después apunta con cierta ironía—. Yo espero que eso no sea una ilegalidad.

—¡Niña! —intercede Fernández para aliviar la tensión—. Cuele un buche de café para la visita, y guarde el bulto ese que le va a dar Urbino. Yo tengo que sentarme a descansar. Ya la vista se me nubla del resplandor que hay en el camino.

Felipa entra con el bulto, Guaro y Fernández conversan de sus asuntos, y Urbino se queda pensando y mirando para la tendedera.

«Hace falta que Guaro se vaya para poder coger la prenda de Felipa. Después disimulo como que me voy, y cuando Fernández y Felipa entren, aprovecho. Qué trabajo me está costando quitarme de arriba al escobillón de Felipa».

Vuelve Felipa con el café.

—Muy bueno el café —dice Guaro al probarlo—, como todo lo de esta casa. Bueno, tengo que irme, pero regreso mañana, preciosura —le comenta a Felipa—, para que me prepare otro cafecito como este. Hasta luego, Fernández.

Antes de emprender la marcha, mira a Urbino con mala cara. Luego se va, y olvida una carpeta con documentos al lado del sillón.

—Yo también tengo que irme —dice Urbino—. Mire la hora que me ha cogido y todavía debo convencer a tía Evarista de que me deje quedarme unos días por allá.

—No tenga pena —le dice Felipa—. Si no lo quieren allá, venga, que aquí yo lo espero con los brazos abiertos.

—Cierre los brazos, niña —la requiere Fernández—, y vaya a preparar la comida, que ya casi hay que acostarse. Ah, mire, guarde la carpeta de Guaro, parece que se le quedó. Hasta mañana, Urbino, salúdeme a su tía.

Fernández y Felipa entran a la casa. Urbino hace como si se fuera y se queda escondido. Regresa sigiloso hasta la tendedera. Cuando está agarrando un blúmer, lo sorprende Guaro por detrás, apuntándole con la pistola en la cabeza.

—Así que ahora le ha dado por eso —dice Guaro y le quita el blúmer—. No me diga que piensa usar este tipo de prenda, Urbino.

Fernández y Felipa salen de la casa.

—¿Qué está pasando ahí? —grita Fernández.

—Que se lo diga Urbino —responde Guaro—. Yo viré a buscar la carpeta y me encuentro al degenerao este, aquí mismo, donde ustedes lo ven. Vamos para la delegación con blúmer y todo, a ver qué explicación tiene para esto. ¡Qué lindo le debe quedar un blúmera usted, Urbino!

Guaro se lleva a Urbino a punta de pistola.

Desde temprano, y contra la voluntad de Pipo, Arturita ha estado pendiente del camino. Llevaba tres días durmiendo poco, o sin dormir. Ahora llega Guaro con Urbino, y junto a ella también sale Pipo y los recibe en el portal.

—Aquí lo tienen —dice Guaro secamente.

—A lo mejor él hubiese preferido quedarse preso —refiere Arturita—, porque aquí va a tener que explicarme muchas cosas.

—La verdad, yo hubiera querido dejarlo un par de días más —le dice Guaro—, pero Felipa fue a la delegación y no quiso hacer denuncia. Dijo que él estaba en su patio con su consentimiento y que Urbino se estaba pasando unos días allá en su casa. Yo no creo mucho esa historia, pero si ella, que es la afectada, no lo denuncia, yo no puedo hacer nada más.

—Oye, niña —interviene Pipo insinuante—, Urbino andaba con un blúmer de Felipa, y con su consentimiento. Además: viviendo con ella. Guaro, yo le aconsejo que se lo lleve ahora, porque más tarde va a tener que cargar con él medio muerto. Se lo digo porque Arturita tiene las mismas malas pulgas que la degenerá de la madre.

—Yo sé que soy inocente —refiere Urbino—. Arturita, déjeme explicarle, y usted va a entenderme. Yo le juro por tía Evarista que no es lo que usted piensa.

—Está bien. Yo voy a dejarlo hablar —acepta Arturita—, pero vamos para el monte, esto es problema de marido y mujer. Con permiso, Guaro.

Arturita sale. Urbino va detrás de ella.

—¡Niña, no te dejes engatusar! —le grita Pipo—. Yo mejor voy a avisar por el vecindario que Urbino anda suelto para que quiten la ropa interior de las tendederas. Y usted, Guaro, no se vaya todavía, para si tiene que llevárselo otra vez, no dé dos viajes. Siéntese, voy a darle un poquito de café.

—¿Ya habrán soltado a Urbinito? —le pregunta Felipa a Fernández—. Tan malagradecido que es. Debió venir primero aquí a agradecerme, porque si está libre tiene que agradecérmelo a mí.

—Sabrá Dios si a esta hora estará suelto o muerto —comenta Fernández—, porque con la declaración que usted dio es para que su mujer lo haga trocitos. ¿De dónde usted sacó la idea de que Urbino iba a vivir aquí con nosotros? Además, a mí él me tiene que explicar bien qué hacía aquí en el patio, robándose ese tipo de ropa suya.

—Como único que esté desesperadamente enamorado de mí —deduce Felipa— y quería llevarse un recuerdo. Pero que trate de venir antes de que anochezca, porque si no, usted va a ver el escándalo que voy a formarle.

—Déjese de tanto embeleque y vamos para adentro. Usted siempre anda metida en un embrollo distinto.

Fernández entra para la casa y Felipa se queda pensativa.

Arturita y Urbino caminan de la mano muy románticos entre los árboles. Juegan. Urbino corre detrás de ella, se cae, ríen, se besan. Vuelven a caminar, conversan felices.

—Yo pensé que iba a perderlo o que me había cambiado por la pelúa esa de los Fernández —le dice Arturita.

—No mencione más eso —le aconseja Urbino besándola—. Lo único que yo quiero es que esa mujer desaparezca de nuestras vidas. Si yo hubiera logrado coger esa prenda íntima para meterla en el río como me dijo el espiritista, ya a ella se le hubiera enfriado la... pasión que siente por mí.

—Pero usted a mí no me dijo nada, Urbinito —reclama Arturita—. ¿Y cómo después ella salió diciendo que usted iba a vivir allá?

—Yo me iba para casa de tía Evarista, ya le dije. Ni que yo estuviera loco me meto en casa de los Fernández, cerca de la desequilibrada esa.

Felipa sale de la casa con el bulto de Urbino, Fernández trata de detenerla, pero no puede.

—¿A dónde usted va con las cosas de Urbino, Felipa?

—No se preocupe —responde Felipa mientras camina—. Yo misma voy a llevárselo. Como él anda robando ropa por ahí, pudiera pensar que una es igual. Va a aprender a no ser tan malagradecido.

—Allá usted —alcanza a decir Fernández—. Va a desgraciar a esa pobre familia.

«Pobre familia ni pobre familia —piensa Felipa mientras camina—. Pobre yo, que el único blúmer que tengo por poco lo pierdo por culpa del degenerao ese».

Urbino y Arturita vienen de regreso a la casa. Es casi de noche, y solo al llegar descubren que en el portal está Pipo esperándolos con el bulto de Urbino y la escopeta.

—Siéntese, mija —propone Pipo—, para que Urbino le explique, si él no estaba viviendo con los Fernández como según dice, ¿por qué sus cosas estaban en esa casa? Felipa acaba de dejar este bulto con sus ropas aquí. Yo se lo dije: Urbino es un degenerao, un mentiroso y un traicionero.

Arturita mira a Urbino pidiendo alguna explicación. Urbino no encuentra las palabras. Pipo lentamente empieza a acercarle la escopeta a Arturita.

La (infortunada) Fortuna

Preámbulo

Cada año lo esperaban ansiosos. Mantenía intactos los colores del arcoíris y el sonido inconfundible de los cencerros, aun cuando incorporaba otros nuevos. No importaba cuán alto fuera el bullicio en las festividades, siempre podía oírsele y para allá salían los muchachos. No importaba si, en ocasiones, demoraba un poco, o más de lo acostumbrado. Ellos presentían el chirriar de las ruedas minúsculas sobre el pavimento y el cambio en la manera de mirarse unos a otros cuando iba llegando a darle mil vueltas al parque. Cada día del carnaval, lo arreaban los niños entre juegos y canciones hasta bien entrada la noche, en que se lo llevaban a dormir detrás de los portones herrumbrosos. Entonces empezaba el cruce de las nuevas historias que sobre él llegaban a los mayores. En todas terminaba hechizado por brujas o magos o cirqueros, y convertido en lo que ahora arreaban los niños con aquel entusiasmo incontrolable.

Al correrse el portón, cerró los ojos y sintió la noche, los ruidos alejándose detrás de las paredes, y aquellas luces de las que nunca más volvería a saber en sus días eternos. Soñó caminar hacia el amanecer, solo, extraviado. La noche transcurría lenta y cada paso aplastaba a todo un país, a toda una ciudad que, siempre se percataba, apenas conocía. Soñó detenerse en el bar de las cuatro esquinas y nadie notó su presencia: Aquel, con su risita sarcástica y sus ojos dispares, como si no pertenecieran a la misma persona. El otro, acechando detrás del humo un mundo de probabilidades y desilusiones. La de más allá, bailando entre lágrimas una música imaginada. Tuvo la sensación de haber dejado de existir mucho antes, de no ser, al menos para ellos, un recuerdo remoto. Se detuvo en el sueño a espaldas de sí mismo. Imaginó la calle perpetua desde el portón hasta el parque de diversiones, el carretón bramando hacia los inmensos muñecones y la noche amplia alrededor del mundo. Con los años desearía tanto el silencio de los caminos, esas rutinas y esa oscuridad, como deseó para siempre los ojos anegados e impotentes que alguna vez lo miraron desde un extremo del parque en La Fortuna, como deseó para siempre el polvo distante en que se fueron escondiendo las rutas por donde debería volver. ¿A dónde? se preguntaría después, y de nuevo quedaría tendido en el mismo pozo de alucinaciones. Entonces se mentiría creyendo que se le habían borrado el tiempo y los rostros del regreso. Pero ahora el tiempo estaba por correr, y los rostros del otro lado del portón esperándolo para volver a arrearlo.

I

Sobre un carretón de caballos conducido por Sico, van Urbino y Arturita. El camino está desierto y se les nota cansados, o más bien preocupados, o algo decepcionados porque no llegan al destino.

—Seguro el pueblo les va a gustar —comenta Sico—. A mí me gusta, aunque, a decir verdad, a mí lo que más me gusta es el refresco. El jefe del plan prefiere los jugos. Yo vine para acá porque decían que iban a montar una fábrica de refrescos. Pero montaron una despulpadora de frutas para hacer jugos.

—Óigame, ¡como usted habla! —le reprocha Arturita algo molesta—, se ha pasado todo el camino sin cerrar la boca.

Urbino le hace señas a Arturita para que mantenga la compostura. Se ha percatado que Sico es un muchacho con algún retraso mental y muy simpático.

—Es que ya tengo sed de tanto oírlo hablar del dichoso refresco —le susurra Arturita a Urbino.

—¿Falta mucho para llegar? —le pregunta Urbino a Sico.

—Un poquito —responde Sico.

Arturita mira ansiosa para el camino y solo observa un trecho muy largo por andar, sin que se perciba la posibilidad de un asentamiento. Urbino le pasa la mano para darle consuelo, pero ella lo rechaza. Están extenuados. Sico, por momentos, bebe refresco y no les brinda, aunque es evidente la ansiedad de ellos por beber algo.

—En el pueblo el personal es muy bueno. Ha venido gente de todas partes del país, incluso gente de otros países —dice Sico.

—¿Se da cuenta de que no estaba equivocado con lo de los extranjeros? —le dice Urbino entusiasmado a Arturita—. Yo se lo dije a usted: «Verá como nos hacemos millonarios».

Se quedan en silencio mirando esas tierras desconocidas. Las llanuras son interminables y el paisaje manso y triste. Pero abundan las flores silvestres y los pájaros tardíos sobrevuelan, huyéndole al ruido, o simplemente huyendo.

«Quisiera verle la cara a Pipo Pérez cuando se entere que trabajaré como guía de turismo, o de traductor». Piensa Urbino.

Arturita hace por cambiar de posición para sentirse más cómoda.

—¿Usted sabe si hay traductores en el pueblo? —le pregunta Urbino a Sico.

—Sí, cantidad de tractores —responde Sico—, pero yo prefiero el carretón, aunque si tuviera que elegir, eligiera el refresco.

—Tractor no —le aclara Urbino—: traductor de idiomas, para que se entienda lo que habla la gente de otros lugares.

—No, que yo sepa, eso no lo hay —dice Sico.

Urbino le hace señas a Arturita entusiasmado.

—Pero no se preocupen si al principio los ven un poco raros por la forma de hablar —los consuela Sico.

—Tengo la impresión de que nos está diciendo guajiros —le dice Arturita a Urbino—. Yo no creo que nos estén llevando para La Habana, para que la gente se ría de nosotros.

—No, Arturita —dice Urbino—. Lo que a mí me dijeron es que era un pueblito nuevo, donde se necesita gente capacitada y con ganas de trabajar. Si hay extranjeros, como él dice, yo puedo servir como traductor de ruso, acuérdese que yo estudié en la Unión Soviética.

—No sea pamplinoso, Urbino —dice Arturita—. Yo supongo que eso de que hay extranjeros es un decir del compañero.

—Pues supone mal —aclara Sico—. Sí han venido extranjeros en busca de fortuna.

—¿Y la han encontrado? —pregunta Arturita.

—Todo el mundo la encuentra. Incluso ustedes. Miren, ahí está La Fortuna —responde Sico señalando para el poblado.

Arturita y Urbino miran. Ven la entrada de un pequeño caserío, con un letrero que lo anuncia. BIENVENIDOS AL PLAN LA FORTUNA: COMUNIDAD AGRÍCOLA DE NUEVO TIPO. Urbino se decepciona y Arturita le reclama con la mirada. El carretón se detiene frente a una garita a la entrada del pueblo, con otro cartel más pequeño: PUESTO DE MANDO. Sale un hombre excesivamente viejo, con uniforme verde olivo.

—Él es Mario, el jefe del puesto de mando —le dice Sico a Urbino y a Arturita.

Después de una ligera inspección ocular, Mario le indica a Sico que estacione.

Urbino y Arturita, con ligeros equipajes —maleta de madera y saco de yute con algunas pertenencias—, parados en un extremo. Sico espera sentado a que Mario lea la documentación. Arturita pasa la mirada por el local y ve, en un lateral, a dos hombres con carteles diferentes, uno «Decomisado» y otro «En trámite de devolución», como si fueran productos. El hecho la desorienta un poco, pero prefiere quedarse callada y no preocupar a Urbino.

—¿Dónde usted adquirió eso? —le pregunta Mario a Arturita, refiriéndose a Urbino.

—Desde que éramos casi niños nos conocemos —responde Arturita abrazando a Urbino con cariño.

—Hasta que me hice grande y nos casamos —agrega Urbino.

Mario lo mira de arriba abajo, haciéndole notar su escasa estatura.

—Quiere decir —aclara Arturita sonriendo— que nos hicimos mayores de edad. Nos amamos mucho, ¿sabe? Yo no pudiera vivir sin él.

—¿Y por qué no tienen hijos? —insiste Mario.

—Porque somos jóvenes todavía —trata de explicar Urbino—, y porque…

—Porque… pensamos tenerlos aquí —se adelanta Arturita—. Si todo nos sale bien, como imaginamos.

—Hay gentes que hacen matrimonios falsos para venir para acá —comenta Mario dudoso.

—Si usted quiere —dice Urbino molesto por la insinuación—, nos damos unos besos en la boca ahora mismo, para que vea que sí somos pareja.

—No, Urbinito —interviene Arturita conciliadora—. ¡Qué vergüenza delante de la autoridad!

—La carga no parece tener problemas —le comunica Mario a Sico—. Llévalos para la dirección comunitaria. Cuando los jefes hagan la recepción del producto, que te firmen donde dice recibido.

Sobre el carretón de Sico, recorren Urbino y Arturita parte del poblado. Los sembrados se divisan a lo lejos, y las gentes se mueven con urgencia entre aquella arquitectura minimalista y uniforme. Pareciera como si los espacios se repitieran ante sus ojos.

Entran a la dirección comunitaria y se quedan parados escuchando a Paco, un viejo jodedor y olvidadizo que está sentado ante el buró de la recepción, hablando por teléfono.

—Sí, soy yo, la contestadora... —dice Paco al teléfono—.Digo, no, la contestadora salió a cumplir con su deber de mensajera. Ah, no, yo soy Paco el mensajero. ¿Conmigo? Déjeme el mensaje después del pitico. No, no sé dónde está el pitico. El pitico debe andar ahora por la recepción —cuelga y habla para sí—. ¿Para qué Clodomiro querrá verme? —se da cuenta y descuelga—. Oye, Clodomiro, dime, chico... Soy yo, Paco... ¿Cómo que te casaste? Y ahora ¿cómo vas a arreglártelas para ir a ver a tu novia? Ah, ¿te casaste con tu novia? Bueno, dime…

Cuelga el teléfono porque evidentemente le colgaron. Se queda mirando a Arturita y Urbino tratando de reconocerlos.

—Nos mandaron a ver al responsable de la comunidad —le dice Urbino.

—Es que somos nuevos y necesitamos orientación —agrega Arturita.

—Él ahora está reunido con Segundo. Pero yo pudiera orientarlos —se brinda Paco.

—No, gracias, no hace falta —dice Arturita y agarra a Urbino para salir.

Segundo se asoma desde una oficina. Al ver a Urbino y Arturita sale y los mira curioso, como a bichos raros.

—Ellos andan buscando información —le dice Paco a Segundo.

—Comunícales —ordena Segundo sin dejar de mirarlos— que Inmigración y Extranjería es a dos cuadras de aquí.

—Nosotros estamos interesados en vivir y trabajar aquí —se adelanta a decir Urbino.

—Somos gente decente, y muy trabajadora —agrega Arturita—. Venimos de Rincón del Perro, un caserío que queda a ocho quilómetros de Paso Diez.

—Todos quieren venir para acá —dice Segundo—. Esta es una comunidad de excelencia, y la captación de ciudadanos se hace por selección. Incluso aunque sean extranjeros.

—Sí, eso nos dijeron —comenta Urbino—, que hay extranjeros ¿Ustedes tienen traductores aquí?

—No —responde Segundo—, pero no se preocupen, si al final decidimos que se queden, hacen un esfuerzo y hablan con mejor acento, y ya verán que con el tiempo nos podremos entender.

—Él estudió en la Unión Soviética —dice Arturita y conmina a Urbino a que lo demuestre—. Háblale en ruso, Urbinito, para que él vea.

Urbino no se atreve.

—Es que él es un poco cortado —lo justifica Arturita.

—Un poco no, bastante recortado, diría yo —comenta Segundo mirándolo burlón.

Urbino, incómodo por la burla, dice algunas frases en ruso que Segundo escucha con desprecio y Arturita con admiración.

—Lleva a los koljosianos hasta la oficina para que hablen con el jefe —le orienta Segundo a Paco—, a ver si los acepta.

Arturita y Urbino son conducidos hasta una puerta. Segundo se les queda mirando. Después de librarse de ellos, regresa Paco y le comenta a Segundo:

—Yo a usted no lo entiendo: si a la comunidad lo que le hace falta es que venga más gente para que trabaje, porque si no al jefe le pueden retirar la patente que le otorgó el nivel central para la creación del pueblo, ¿por qué usted siempre les dice a los que vienen que no sabe si los aceptarán?

Segundo apunta algo en un papel y se lo da a Paco.

175

—Después que pague esta multa por cuestionar el criterio de un superior, me trae el comprobante para explicarle.

Arturita y Urbino, sentados en la oficina, miran muy entusiasmados un catálogo de viviendas. El Primero los observa desde una postura autosuficiente.

—Todos los diseños son míos —dice El Primero con orgullo—. Un día me dije: debes crear tu propio pueblo, con las casas que merecen tus trabajadores, en correspondencia con lo que aporten a la comunidad comunal. Y ahí están las casas.

—Yo no sé con cuál quedarme —dice Arturita entre nerviosa y contenta—, es que todas están tan lindas…

—No se preocupe, señora —le informa El Primero—, la casa les será asignada, en dependencia de la labor que vayan a desempeñar. Si trabajan los dos, podrán aspirar a una más confortable. Esas casas hay que pagarlas en un tiempo límite, siempre bajo el amparo de un convenio legal.

—Sí, claro. Yo puedo trabajar —refiere Arturita.

A Urbino no le agrada la idea, pero calla.

—Yo sé hacer boniatillo —continúa Arturita—, pasé un curso de corte y costura por radio, y trabajé como sanitaria en un albergue cañero… cuando todavía era soltera.

—Esa es una buena idea, como sanitaria nos puede prestar un buen servicio en el albergue de los movilizados, y a pie de obra en la recogida de los frutales, y en la despulpadora.

—Yo prefiero que nos asignen una casita pequeña —opina Urbino—, que yo, con mi trabajo, pueda pagar. En un final nosotros somos dos nada más.

—No, Urbinito —dice Arturita decidida—, yo quiero ayudar. Además, quién sabe si con el tiempo nos nazca un hijo.

—¡Que no le dije! —se opone Urbino—. ¿Quién va a atenderme cuando yo llegue a la casa después de hacerle las traducciones a los rusos?

—¿A los rusos? —pregunta El Primero extrañado.

—Sí —responde Urbino—, a mí me dijeron que aquí había extranjeros, y como yo estudié en la Unión Soviética...

—Aquí hay un solo extranjero, pero no es ruso —le asegura El Primero—. Lo siento mucho, van a tener que regresar a su pueblo.

—¡No —se niega Arturita, apretando el catálogo contra el pecho—, para atrás ni muerta! Yo quiero vivir en una de esas casas.

—¿Y qué usted estudió en la URSS? —le pregunta El Primero a Urbino—. Tal vez tengamos algún trabajo que le acomode.

—Un montón de cosas —se adelanta a responder Arturita—. Dile, Urbinito, dile.

—Bueno, estudié cosas útiles, que fue a lo que me mandaron —refiere Urbino—.Perfumería a base de la flor de abedul...

El Primero niega y Arturita muestra cara de preocupación. Urbino sigue enumerando especialidades con la esperanza de acertar en algunas.

177

—Fitotecnia de la remolacha en un clima templado, técnico reparador de máquinas recogedoras de nieve…

—Nosotros lo que necesitamos es alguien que conozca de viales —lo interrumpe El Primero.

—Eso mismo —asegura Arturita, y mira a Urbino para que la apoye—, él estudió técnico medio en viales.

Urbino y Arturita entran a un apartamento bastante confortable. Arturita se ve muy alegre y Urbino triste.

—Cualquiera que lo ve pensará que usted no es un hombre de trabajo —dice Arturita—. Empiece como técnico en viales y, si algún día viene un ruso, hace la traducción en tiempo extra, y seguro le pagan también.

—Arturita, técnico en viales no es un trabajo tan sencillo como usted cree. Hay que diseñar puentes, tener un sentido de la caída que lleva cada curva para que el carro no se vuelque.

—Usted es un hombre inteligente. Ya verá como le coge la vuelta a las curvas.

Descubre que hay teléfono en la casa y se vuelve loca de alegría.

—¡Mire, Urbinito!, ¿quién nos lo iba a decir? Fíjese si usted es una persona importante en este pueblo, que nos han dado una casa con teléfono y todo.

Urbino cambia el carácter y se siente importante.

—A la verdad que sí —dice Urbino feliz—. ¿Se da cuenta, Arturita?, esto sí es vida: buena casa, buen trabajo y, sobre todo, solitos usted y yo… para hacer una familia.

Trata de agarrarla, pero Arturita está enajenada descubriéndolo todo.

—Voy a llamar a la pública de Paso Diez, para darle envidia a los que no creyeron en nosotros —dice Arturita y agarra el teléfono.

—No —la detiene Urbino—. Usted me disculpa, pero no. Yo prefiero que Pipo Pérez siga pensando que soy un pamplinoso.

—Pipo no se va a enterar —trata ella de convencerlo. Y agrega con un poco de nostalgia—. Él es feliz allá con su rancho y sus recuerdos, y como bien nos dijo, con la conformidad de que un día yo vaya a visitarlo.

—Bueno, deje ahora la tristeza, que tenemos que ir a ver a una costurera para mandarme a hacer unas ropas —le dice Urbino—. Ya escuchó a El Primero: «Urbino, usted ahora es un ejecutivo, póngase al nivel de los nuevos tiempos, que ya es uno de nosotros». Seguro es una oficina con aire acondicionado. Con el daño que me hace el frío en las cuerdas vocales…

—Déjese de pamplinas, Urbinito, que yo a usted nunca lo he visto ronco.

—En la Unión Soviética —asegura Urbino— me quedé sin voz durante una controversia que hice con un moldavo.

Entra para uno de los cuartos. Arturita mira indecisa el teléfono. No aguanta la tentación, lo descuelga y marca.

Va Urbino por la calle, impecablemente vestido al estilo de El Primero, con una bufanda enredada en el cuello. Le pasa por al lado a Segundo y a Sico, que conversan en una esquina. Los saluda cariñoso con un ligero ademán, y sigue de largo.

—¿Usted sabe si el Instituto de Meteorología anunció la entrada de algún frente frío sin nuestro consentimiento? —le pregunta Segundo a Sico.

Sico niega y Segundo le aplica una multa. Cuando Sico intenta reclamarle, le ordena:

—Vaya a pagarla antes de que se me caliente la mano y se la duplique por falta de información clasificada.

Desde un teléfono, mirando sigiloso hacia todos lados, como si se escondiera de alguien, habla Pipo Pérez.

—No, mija, no. Yo estoy bien así: abandonado como un perro, como usted me dejó, en esta casa con patio, traspatio, ventanales a ambos lados, con vista a los caminos y los árboles.

—No diga eso, Pipo —se le escucha responder por los altavoces a Arturita llorosa—. ¿Usted cree que yo puedo sentirme bien sabiendo que está solo allá pasando trabajo?

—La que seguro está con una mano delante y otra atrás es usted —le dice Pipo—, porque no creo que su marido…

—No, yo estoy bien. Nos dieron una casa buenísima, amplia, llena de comodidades —dice ella entusiasmada—, y Urbinito está de dirigente de… de curvas y rotondas.

—¿De qué? —pregunta Pipo.

—De viales, quise decir.

—Bueno, mija, te dejo, que voy a subirme a la mata de mamoncillos a ver si almuerzo algo. Usted sabe que no sé cocinar. Desde que se fueron no pruebo algo caliente.

Cuelga y mira a Mario, que ha estado a la expectativa desde su buró en el puesto de mando.

—Sí, son ellos —confirma Pipo—. Lléveme a la casa de mi hija. Es que no confío en el pamplinoso del marido, y quiero saber cómo le va. Posiblemente tenga que quedarme, en contra de mi voluntad, porque yo con él no me llevo bien, por vago y delincuente.

—¿Cómo se llama ese ciudadano? —se interesa Mario—. Si es un delincuente, yo debo conocerlo.

—Urbino. Creo que está trabajando en viales. Usted debería tenerlo siempre a la vista. Capaz que le robe un puente.

—Deje eso de mi parte. Vamos, que yo lo llevo —le dice Mario mientras se pone de pie para salir—. ¿Así que el muchacho tiene malas costumbres?

—Lo que yo le cuente es bobería. Ese muchacho, cuando no está preso, es porque lo andan buscando.

Se les ve alejarse y doblar alguna esquina sin que Pipo deje de hablar.

Ya en la casa de Urbino, Pipo, con los bultos a un lado, habla por teléfono muy animado como dueño y señor. Arturita, sin dejar sus quehaceres habituales, pasa y lo mira, pero se queda callada.

—Entonces, cuando llegaron los compañeros del sindicato —dice Pipo al teléfono—, fue cuando yo me paré y dije que el Mulato de los Iznaga no podía ser acreedor del mérito por haber salvado una vida, porque, según mi cuenta, el día que él dijo que había sacado a Fidencio casi ahogado del río era un 17 de agosto, y en ese año no llovió, el río estaba seco. Pero, además, Fidencio, en agosto, estaba con un catre, vendiendo chupachupa y aretes en los carnavales de Paso Diez.

—¡Pipo, desde que llegó hace tres horas está hablando por teléfono! —lo requiere Arturita—. Eso lo paga el pobre Urbino, a quien además le descuentan la casa.

—Deberían descontarle más —responde Pipo colgando—, con el tremendo sueldo que debe ganar. Pero si usted quiere me voy. En un final, para lo que me queda de vida... —hace por recoger los bultos—. Yo no la crié a usted para que me ayudara cuando llegara a viejo.

—No, quédese —le implora Arturita, y Pipo suelta los bultos de inmediato—. Yo lo único que le pido a usted es que se comporte, que trate de sobrellevar a Urbinito. Entienda la situación en la que me pone. ¿Cómo yo convenzo a Urbinito de que usted...?

Pipo agarra los bultos y va para el cuarto sin dejarla terminar la idea.

—Quién iba a decir que ese muerto de hambre llegaría a ser el dueño de las carreteras —comenta

Pipo desde el cuarto—. Así será la cantidad de mujeres que traerá atrás con ese puestecito de técnico en viales.

Arturita se queda pensativa y se va para la puerta a mirar hacia la calle. Ve a Urbino que se acerca todo maltrecho, con pico y pala al hombro.

—Urbinito, mijo, pero ¿qué le ha pasado? —le dice sin comprender—. Tan lindo que salió usted de aquí a dirigir los puentes.

—Parece que alguien me puso en mala con las autoridades del pueblo —responde Urbino con tristeza—, y me bajaron de técnico en viales a caminero. A golpe de pico tengo yo que arreglar los baches que dejan los camiones de la despulpadora.

—¡Ay, Urbinito!, si quiere viramos para atrás. ¡Qué desgracia la nuestra! —se lamenta Arturita.

—¡No! —responde Urbino tajante—. Yo no voy a darle el gusto a la gente allá en Paso Diez, que sepan que nos va mal. Y mucho menos a Pipo Pérez. No se preocupe…, al menos aquí estamos solitos usted y yo.

Sale Pipo del cuarto riendo. Urbino se queda sorprendido, sin entender. Mira a Arturira, que no sabe qué hacer ni qué decir.

—Qué, ingeniero, ¿se fajó con una alcantarilla? —le dice Pipo riendo, mientras Urbino, derrotado, se le queda mirando con tristeza.

II

En la recepción de la dirección comunitaria hay varias personas esperando ser atendidas, entre ellas Fernández, vestido de forma extravagante: camisa floreada, cadenas de oro en el cuello, sortijas... Entra Flor desde la calle y mira a los presentes. Hace por continuar hacia la puerta identificada como «Dirección», pero se detiene cuando escucha la voz de Fernández.

—Aquí hay una cola. Yo soy el último.

—Perdone —se excusa Flor, retrocediendo y sentándose a su lado—, es que el viaje para llegar hasta acá fue tan extenuante, que todavía estoy medio mareada. No los vi.

Ríe con descaro. Hace una breve pausa y mira a los presentes tratando de ser simpática, pero todos se mantienen en una actitud hermética. Después se dirige a Fernández.

—¿Y usted también está interesado en venir a vivir acá?

—No, yo vine a invertir mi dinero. Antes fui un funcionario en disímiles esferas sociales, pero ahora soy empresario. Tengo negocios a lo largo y ancho del país, y como este es un poblado en proceso de fundación, quiero probar…, aunque todavía debo hacer un estudio de mercadeo.

—Yo soy una simple licenciada en Recepcionología —le dice Flor—. La empresa donde yo trabajaba la cerraron. Entonces me enteré de la plaza vacante de recepcionista en este lugar, y como mi esposo se opuso, porque usted sabe cómo son los hombres cuando tienen una mujer bonita…

—Ah, porque su esposo se le estaba corriendo con una mujer bonita —le pregunta Fernández burlón, porque evidentemente ha notado lo poco agraciada que es Flor.

—No, la bonita soy yo —responde Flor sin complejos.

Los presentes la miran como para matarla, pero se quedan callados.

—Sí, claro —le dice Fernández con ironía.

—Pues me separé, cada cual agarró un camino distinto —continúa Flor—. Yo vendí todo y decidí salir a correr suerte, con la promesa de no virar para atrás. Es que yo siempre he tenido tanta confianza en mí misma, y además… como ahora soy una muchacha soltera y desinteresada…

—Igual que yo —comenta Fernández.

—¡¿Soltero?! —se interesa Flor.

—No, desinteresado —aclara Fernández—. Yo tengo mucho dinero, pero soy así, humilde, como usted me ve. Ahora pudiera estar comiéndome un bistec de faisán, mas estoy aquí, sin almorzar, porque me gusta estar al nivel de ustedes, los de bajos niveles adquisitivos. Y si decidí invertir acá es más bien para ayudar a los desposeídos.

—Si yo fuera la recepcionista de este lugar, ya lo hubiera atendido —dice Flor, y le acentúa con intimidad— sin hacer la cola, porque personas con el corazón que usted tiene, no creo que haya muchos.

—Ni mujeres con esa cara y ese cuerpo que usted tiene —le dice Fernández después de mirarla con detenimiento desde la cercanía que le impuso el rostro al intimar.

—Gracias —responde Flor creyéndoselo—. Precisamente por eso estudié Licenciatura en Recepcionología, porque una recepcionista es la cara de la institución. Debemos ser carismáticas, bonitas, atractivas… —señalando para el buró donde dice: «Recepción, plaza vacante»—.Ya verá, que a mí me dan ese puesto.

Entra una hermosa muchacha, elegantemente vestida. Todos se quedan impresionados. Incluso algunos, entre ellos Fernández, se ponen de pie.

—Buenas. ¿Quién es el último para ver a El Primero?—dice La Muchacha.

—Yo —responde Flor, casi reducida a nada—. Pero yo siendo tú ni hacía la cola. Oí decir allá afuera que en la despulpadora no están aceptando a nadie más.

—Sí, lo sé —dice La Muchacha con sencillez—, pero yo no vine por lo de la despulpadora. No puedo aguantar sol, y hago alergia a las frutas en su estado natural.

Fernández le ofrece el asiento y ella acepta con una sonrisa. Luego prosigue.

—Es usted muy amable. Tampoco puedo estar mucho tiempo de pie. El médico me recomendó buscarme un trabajo acorde a mis limitaciones.

Flor permanece junto a ella sin saber qué hacer. Luego hace un aparte y le comenta a Fernández, refiriéndose a La Muchacha.

—Pobrecita, ¿verdad? Hay personas tan imposibilitadas.

—Sí —le confirma Fernández con ironía—. Me da tanta lástima, que me la llevara ahora mismo para la cama…, digo, para la casa.

—¿Usted cree que esa pobre mujer también venga por lo de la plaza de recepcionista?

—Seguro —responde Fernández—. Deberíamos hacer algo para ayudarla…, por ejemplo, que usted desistiera.

—No, qué va, no es para tanto —dice Flor—. Como somos las únicas dos aspirantes, y a mí es a la que van a escoger, hablaré con los jefes para que a ella la pongan aunque sea de cuidadora de baños.

—¿Y usted está segura de que le aceptarán esa propuesta? —le cuestiona Fernández.

—Claro —afirma Flor—. Yo soy amiguísima de los jefes. Trabajé muchos años con ellos. Es más, a usted también voy a darle un impulsito para que le acepten abrir el negocio. Ya verá si alguno de ellos sale de la oficina y me ve.

Segundo se asoma desde la puerta identificada como oficina, se queda mirando para la cola. Flor le hace una señal de saludo, pero él se queda un poco confuso, como queriendo descubrir algo.

187

Cuando al fin logra divisar bien, levanta los brazos con alegría y se dirige a la cola. Flor hace lo mismo, adelantándose, pero Segundo le pasa por el lado sin advertirla y va directo a La Muchacha. Flor se queda desconcertada y apenada.

—¡Caramba —le dice Segundo muy efusivo a La Muchacha—, ya pensábamos que no iba a venir! ¿Cómo va lo de los papeles que le pedimos?

—Muy mal —se lamenta ella—. Recuerde que yo soy una mujer sola, todo se me hace tan difícil… No sé si ustedes van a querer a alguien como yo.

—No se me desanime —la consuela Segundo—, ahora discutiremos su caso y buscaremos alguna variante.

Le echa la mano en el hombro y hace por conducirla para la oficina. Lo detiene Fernández.

—Segundo, seguro ya se le olvidó mi humilde cara.

Segundo lo observa tratando de recordar, pero niega con la cabeza.

—De la Feria de Artesanía…

Fernández le ofrece un bolígrafo y un llavero.

—Lo prometido es deuda. Uno para usted y otro para El Primerito.

—Ah, qué memoria: ¡el empresario! Pase conmigo también —dice Segundo tendiéndole la mano y llevándolo para la oficina—. Y al jefe se le dice El Primero, no vaya a cometer ese desliz delante de él.

—Segundo… —reclama Flor—, yo soy Flor, la del Bartolete Pérez.

—Por hoy no se va a atender a nadie más —le dice Segundo a los de la cola, ignorándola y señalando para el mural—. Y por favor, léanse bien los requisitos para cada plaza vacante, que yo no pienso jubilarme explicándoles —a Fernández mientras se alejan—. Estas etapas fundacionales son muy complejas —a La Muchacha—. El Primero y yo no hemos dejado de pensar un solo minuto en usted…, es decir, en su caso.

Entran a la oficina, mientras Flor se detiene a leer en el mural: «Plazas hay, con prioridad para las personas casadas en el poblado».

Sico conduce el carretón de caballos con algunos pasajeros, a los que les habla.

—Yo lo mismo transporto pasajes que les llevo el almuerzo a los obreros a las plantaciones de frutales. Las más lejanas son las de tamarindo, que es adonde más me gusta ir, porque cobro a diez pesos el viaje y con eso me da para comprar un refresco. Yo pudiera estar todo el día tomando refresco.

Flor, con equipajes, camina y habla para sí.

—¿A quién se le puede ocurrir que para ser recepcionista se necesita estar casada? Como si no valieran los años de experiencia. Pero las circunstancias no pueden vencerme. Esa plaza será mía aunque tenga que casarme con el primero que aparezca —. Los transeúntes la miran como a un bicho raro.

189

Sico pasa junto a ella, detiene el carretón y la observa con marcada intención de conquista. Ella se da cuenta y apresura el paso. Él también, mientras aprovecha para piropearla.

—Si refrescas como caminas me bebo hasta la latica. Dígame para dónde va y la llevo hasta el fin del mundo.

Flor apresura el paso contoneándose.

—Por Tukola soy capaz de quedarme Ciego Montero —insiste Sico.

Flor entra en una bodega. Sico desiste y continúa el viaje con los pasajeros.

Pipo toma unas jabas llenas de productos, y cuando se vuelve para salir de la bodega, se encuentra con la imagen de Flor parada en la puerta, asustada.

—Bodeguero, llame a un médico urgente —dice Pipo impactado por la imagen de Flor.

—No, no se preocupe —lo calma Flor—. Todo está bien.

—Estará bien para usted, pero a mí está al darme un infarto —alcanza a decir Pipo y cae desmayado.

El Primero y Segundo escuchan abobados, llorosos, dándole importancia a todo lo que dice La Muchacha. Por momentos aprovechan algún comentario que ella enfatiza y se ponen de pie y la abrazan. Hay algunos víveres sobre el buró: jugos, bocaditos, quesos… Es evidente que llevan mucho rato reunidos con ella.

—Imagínense —dice La Muchacha—, única hija y no acta para determinados puestos de trabajo.

—¿Y su querido padre no la ayuda? —pregunta lloroso El Primero.

—Mi padre es un gran hombre —responde ella—, pero ahora está sancionado. Él era ferromozo en uno de los trenes que viaja de un extremo a otro del país. Esos viajes son muy demorados, y si se le une que a los pasajeros les gusta el tumulto… Pues nada, en uno de esos viajes, una de las pasajeras, parece que con la apretazón de la gente, salió embarazada, y para más desgracia parió antes de llegar al destino. Sancionaron a mi papá.

—Tómese otro jugo, para que se calme un poco —le propone Segundo.

Ella hace por obedecer, pero al reparar en que tiene varias cajitas vacías a su lado, y que, por supuesto, las ha consumido, solo dice:

—Es que me da tanta pena hacerles tantos gastos.

—No diga eso —le dice Segundo irónico—, quien se toma diez se toma once.

—La historia de su padre nos da la medida de que cada día debemos hacer más hincapié en cuidar mi carro —refiere El Primero.

—Ah, ¿usted tiene carro? —pregunta ella.

—Bueno…, es como si fuera mío, pero realmente los verdaderos dueños son los trabajadores. Donde ellos caigan heridos, yo caigo muerto —le aclara El Primero con devoción de mártir.

—Yo estaba pensando, compañero El Primero —dice Segundo—, que ella pudiera trabajar conmigo, preparándome los talonarios de las multas. Le prepararíamos una oficinita climatizada, para que no se vea expuesta al calor ni al sol.

—¡Qué desdichada soy! —dice ella llorando.

—Cálmese, cálmese, ¿qué le sucede? —le dice El Primero abrazándola.

—Mi madre murió un año y catorce días después de ser multada por pisar un césped. Si ustedes conocieran la triste historia de mi madre…

El Primero y Segundo la sientan y se disponen a escucharla.

—Cuente, cuente —la conmina Segundo.

La Muchacha abre un jugo.

—Mi madre no era la hija verdadera de mi abuela, sino de su bisabuela, pero ella no lo sabía.

El Primero y Segundo no pueden evitar las lágrimas al escucharla.

Ya en casa, Arturita atiende a Pipo, que está recostado en un sofá con algodones mojados de alcohol tapándole la nariz. Un tanto alejada, al final del pasillo, está Flor meciéndose en un sillón.

—Yo le juro que no es mentira mía. La vi, mija, la vi —dice Pipo recuperándose, pero aún muy débil.

—Ya le dije que no es ningún espíritu de alguna tía de Urbinito que vino a ajustarle cuentas a usted —lo calma Arturita—. Es una mujer de carne y hueso. Mírela para que vea.

Arturita le señala hacia donde está Flor. Pipo mira. Flor se vuelve para mirarlo, y al ella reír, la imagen que ve Pipo se le transforma en Flor con el sombrero y el bigote de Urbino.

—Es el pamplinoso de Urbino vestido de mujer para asustarme —dice Pipo asustado.

Se levanta a buscar un machete.

—¡Tú verás ahora, degenerao!

Flor se asusta y trata de protegerse. Arturita aguanta a Pipo y lo saca de la casa.

—Si no se calma —amenaza Arturita—, mandaré a buscar a Mario para que se lo lleve preso. Esa pobre mujer es de La Habana, y vino para acá como han venido los demás, de todos los confines del país, ilusionados igual que nosotros en busca de trabajo.

Pipo se controla.

—Es verdad que la pobre... es un poco fea —prosigue Arturita—, pero no parece mala persona. Dice que paga lo que sea por un lugar donde hospedarse unos días, hasta que resuelva no sé cuál asunto, para que le den el trabajo.

Pipo se asoma a mirarla, pero un tanto desconfiado.

—¿Y de dónde esa muerta de hambre va a sacar el dinero para un alquiler? —pregunta Pipo.

—Dice que para venir para acá hasta vendió su casa —comenta Arturita.

Pipo se queda pensativo y entra para la casa ya calmado. Flor trata de que no se le acerque, muy asustada.

—No me tenga miedo, mujer —le pide Pipo en un cambio total de actitud—. Perdóneme el mal rato. Es que pensé que podía ser de la policía, por eso me puse así. Usted sabe que uno, a veces, por necesitad, comete sus pequeñitas ilegalidades, y como yo alquilo un cuarto…

Arturita lo mira sorprendida y trata de sacarlo para hablarle aparte.

—Déjeme, niña. Esta señorita parece de confianza.

—Claro que sí —dice Flor—. ¿Y en cuánto alquila por día?

—Una bagatela —responde Pipo—. Es un cuarto con todo: televisor, teléfono, refrigerador, ventanales con vista para la calle…

—Sí, pero ¿cuánto? —insiste Flor.

—Ya le dije, una bobería. Por ser a usted…con quince pesos de los de divisas nos arreglamos.

—Óigame, no estamos en La Habana —le cuestiona Flor.

—Pues no hay negocio —concluye Pipo con brusquedad—. En un final, a mí aquí me llueve la clientela, esta es una zona en desarrollo económico paulatino.

—Está bien, trato hecho —acepta Flor y le entrega cuarenta y cinco pesos—. Aquí tiene tres días. Si acaso necesito más tiempo, le pago lo demás.

Arturita agarra a Pipo y lo saca de nuevo de la casa. Pipo no deja de contar el dinero mientras Arturita le reclama.

—Hágame el favor y devuelva eso. ¿Quiere que nos pongan una multa? Usted sabe que Urbinito es un muchacho serio, que no entra en esas cosas.

—Yo lo hago por ayudar, mija —dice Pipo haciéndose la víctima—. No quiero ser una carga para el pobre Urbino, que con tanto sacrificio tiene que mantenernos. ¿A usted no le duele que a golpe de pico ese muchacho se gane la vida?

—Está bien, pero con una condición —acepta Arturita—: que vaya ahora a la dirección comunitaria a sacar el permiso, para que todo sea legal.

En el puesto de mando, Mario mira una foto mientras se da tragos de refresco de un pomo grande. Se le ve triste. Al fondo, está Sico atrás de una reja saboreándose ansioso, y muy asustado.

—¡Qué clase de sed yo tengo! —dice Sico.

—Cuando hables —le propone Mario—, tendrás un pomo para ti solito.

—Ya le dije, compañero autoridad, qué no sé nada. Se lo juro por… por el embotellado, hasta por el gaseado a granel, que es el refresco que más me gusta. No sé nada.

Se escuchan toques en la puerta. Mario esconde apresurado la foto. Acomoda algunos papeles sobre la mesa y se alista para recibir al visitante.

—¡Adelante! —ordena Mario.

Entra Pipo. Mario se relaja, evidentemente pensaba que era alguien superior a él.

—Pasé a darle una vuelta —refiere Pipo—, y a saber si me podía necesitar para alguna colaboración. Como ya no se le ve por la calle.

—A la verdad que he estado complicado en un operativo —se justifica Mario—. La despulpadora está presentando faltantes. Y para ponerle la tapa al pomo, bueno, más bien para quitársela, hoy se desaparecieron como veinte cajas de jugos de la oficina de El Primero.

—Si yo estuviera en mis tiempos de antes, le aseguro que esos jugos aparecían —dice Pipo mirando a Sico—, aunque tuviéramos que despulpar a alguien para que hablara.

Sico entra en estado de pánico, Mario le da un poquito de refresco y se calma.

—Gracias, compañero autoridad, si usted me suelta yo le prometo que averiguo quién es el ladrón y se lo digo.

—Suéltelo —le aconseja Pipo a Mario—. Según mi experiencia en interrogatorios, ese pobre hombre no sabe nada.

Mario obedece y Sico se va apresurado.

—Yo recuerdo que en una ocasión —continua Pipo—, allá por los años setenta, en plena zafra, se nos empiezan a perder unos cargamentos de carne rusa. Yo atendía vigilancia en el campamento, y el Mulato de los Iznaga atendía el arreglo de las carreteras. Me dije: este degenerao es el que sabe los camiones que entran y salen. Lo encerramos en una garita del campamento durante tres días. Efectivamente, aparecieron las latas de carne rusa. Aunque por gusto, porque después con los años volvieron a desaparecerse.

Pipo ríe de su propio chiste y se dirige a la puerta para irse. Luego se vuelve y dice:

—Piense, Mario. Piense quién pudiera darle esa información con tres o cuatro días de encierro, y apriete.

Urbino, con un pico, trata de rellenar un hueco. Mientras trabaja, canta una tonada. Cuando levanta la cabeza para secarse el sudor, descubre la imagen de Mario en actitud desafiante frente a él.

—¿Le gusta mucho el canto, ciudadano? —le pregunta Mario.

—Bueno, guajiro al fin, siempre me ha gustado el repentismo —responde Urbino con ingenuidad—. A mí en la zona de Paso Diez no había canturía que me corriera un metro.

—Pues acompáñeme a la unidad, yo le aseguro que allí va a cantar clarito clarito.

Le pone las esposas y se lo lleva.

III

Desde el carretón de Sico, se divisa ya el cartel que anuncia la bienvenida a La Fortuna. Trae a tres personas: Marcia y dos que no se les ve la cara porque vienen tapados con una lona. Marcia es una negra vieja de malas pulgas y los dos tapados sus hijos, Los Jimaguas.

—Ya estamos entrando al pueblo —anuncia Sico—, no vayan a sacar la cabeza todavía, que la gente aquí se sorprende por cualquier bobería. No quiero decir que ustedes sean cualquier bobería, pero es que, si los ven a ellos dos, la gente va a quedarse perpleja, se aglomerarán alrededor del carretón y me lo volcarán.

—Oye, Sico —dice Marcia—, dondequiera que llegamos es igual, antes trabajábamos en un circo, y era locura lo que el público tenía con el número de nosotros.

—¿Y por qué dejaron el circo? —se interesa Sico—. ¿Qué pasó con el número de ustedes?

—Nosotros hacíamos un número bueno —le responde Marcia—, pero el administrador hizo otro número, que no iba en una factura, y llegó una verificación. ¡Muchacho, ni el comecandela se salvó! Entonces me enteré de que abrieron este pueblo nuevo y vinimos a buscar fortuna.

—Pues mira, que no van a arrepentirse, porque este es el pueblo ideal para vivir —comenta Sico—. Aquí van a encontrar trabajo fácil. Ellos dos, no sé, pero seguro a usted la ponen de recepcionista, porque en la empresa hay una plaza bacana.

—Tú querrás decir vacante —rectifica Marcia—. Yo tengo una amiga, Hortensia, que no vive aquí, es recepcionista de un barrio malísimo. Tú sabes cómo es la violencia en esos lugares… Ella recepciona los paquetes y los traslada. Entonces, un día…

—¡Sooo, caballo! —la interrumpe Sico—. Tenemos que parar aquí y bajarnos. Este es el puesto de mando de la policía.

—¿Qué cosa, cuál es la intriga? —dice Marcia molesta—. Te dije que nosotros somos gente trabajadora, y que yo sepa, por tener una amiga afuera…

—No, esto es un procedimiento de rutina —aclara Sico—, todo el que entra al pueblo, yo lo tengo que traer aquí, para que lo registren.

—Ah, ya —dice Marcia más calmada—, es para anotarnos en un registro como miembros de la comunidad.

—No, para que los registren a ver qué traen arriba —le informa Sico—. Al pueblo no se puede entrar cualquier cosa, porque esto es un pueblo en donde tú no vas a escuchar ni esta discusión. ¡Bajen!

Arturita le reclama a Pipo Pérez y terminan discutiendo acaloradamente.

—Oiga, Pipo, ¿y esa mujer que usted tiene metida aquí en la casa no piensa disparar ni un chícharo? Que salga del cuarto aunque sea a fregar, esto no es un hotel.

—Cállese la boca, so fresca. Esa pobre mujer es un huésped. Recuerde, que fue usted la que me dijo que ella vino a este pueblo a luchar por una plaza de recepcionista, no de cocinera.

—Ah, ¿sí? Pues mire, ¡que vaya a comer a un restaurante!, o si es tan recepcionista, ¡que se coma un buró!, pero yo no voy a estar cocinando y limpiando de gratis a nadie.

—¡Hable bajito, carajo! La muchacha va a pensar que nosotros estamos inconformes con los quince pesos que nos paga.

—Bueno, que le paga a usted, porque lo que soy yo, no he visto ni cómo son los billetes esos.

—¡Pero mira que esta hija me ha salido malagradecida! Todo ese dinero se ha ido en gastos del pamplinoso de tu marido. ¡Por mala cabeza está preso!

—¡Pero, Pipo!, no me haga faltarle el respeto. ¿En qué cosa de Urbino ha gastado usted algún dinero?, si ese infeliz lleva una semana injustamente trancado y ni a verlo ha ido.

—Y la fianza, ¿quién la pagó? Lo que pasa es que dice el compañero de la Unidad que él se portó mal y perdí ese dinero. Además, con el prestigio que yo tengo en este pueblo, ¿usted cree que debo ir allí a poner un pie en la policía por un problema que se buscó él? Yo lo considero, pero no puedo interferir en la justicia.

—Mire, si usted lo considera tanto, ¿por qué no va hoy conmigo a verlo y a llevarle aunque sea un turrón de coco, que hoy tiene visita?

—Porque yo también tengo visita en la casa, y no la puedo dejar sola. Además, ni usted debería ir allí, desconsiderá. ¿Qué andarán diciendo de mí la gente en el pueblo? ¡Una hija de un destacado de la zafra del setenta detrás de un bandolero como ese!

—Si usted es tan moralista, ¿qué hace viviendo en casa de un bandolero? Porque esta casa es de él.

Pipo se pone la mano en el pecho, dramático, como si le doliera.

—¡Ay, Dios mío! La propia hija echando a la calle al pobre padre, un viejo que no puede valerse por sí mismo.

Flor asoma la cabeza por la puerta del cuarto. Está despeinada y somnolienta.

—¡Por favor! —dice enfadada—. ¿Ustedes no podrían callarse la boca? Es que no dejan descansar a una ni en su propio cuarto.

Arturita la mira con deseos de matarla, pero se aguanta.

El carretón transita con los recién llegados por las calles del pueblo. Algunas ventanas se entreabren para mirarlos. Los transeúntes, curiosos, tratan de adivinar quiénes son.

—¿Vio lo que le decía? —pregunta Sico a Marcia—. El pueblo es bonito y tranquilo. A esto lo

201

que le falta para ser el paraíso es una refresquera, pero la línea productiva de aquí es el jugo. Seguro a ustedes los ponen a trabajar en la despulpadora de frutas. Allí te sacan el jugo riquísimo.

—Hablando de línea —le cuestiona Marcia—: ¿tú no estarás metiéndonos una línea para cobrarnos de más?, porque mira que hemos dado vueltas y no llegamos a donde están los responsables del pueblo.

—Primero debemos llegar a otro lado. ¿Ustedes están vacunados?

—¡Oye, ¿qué cosa es?! —dice Marcia molesta—. ¡Yo soy muy fina y muy culta, pero se me olvida mi descendencia de españoles y te formo un foco aquí!

—No, no se ponga así —la calma Sico—, eso se hace con todo el que llega nuevo al pueblo. Deben pasar por el puesto médico para que le pongan las tres vacunas.

—¿Tres? Una para cada uno, ¿no? —pregunta Marcia.

—No —aclara Sico—, son tres juntas: una contra la rabia y las otras dos... no me acuerdo, creo que contra la ira. Después ya están en condiciones de presentarse ante los jefes de la comunidad para ver si los aprueban.

En el interior de la oficina de El Primero, el cesto está lleno de cajas de jugo, el buró también. El Primero y Segundo escuchan embobecidos a La Muchacha.

—Qué más quisiera yo que ocupar la plaza de secretaria de uno de ustedes dos, o de los dos juntos —dice ella aduladora—, pero es que no puedo escribir a máquina porque me fracturé el dedo con que se le da a la letra A.

El Primero y Segundo se miran casi al llorar.

—Y el trabajo en el archivo —prosigue ella— es verdad que no es feo, pero el polvo me hace daño. Yo tengo una mala experiencia con eso de los polvos.

—Ven acá, mi vida —le propone Segundo irónico mirando la cantidad de jugos que se ha tomado—. ¿Y de catadora de jugos en la fábrica no te cuadra?

—No nos vayas a decir que el juguito te hace daño —apoya El Primero, hablándole como si hablara con un bebé.

—¿Ustedes quieren que les diga lo que a mí me gusta? —responde ella mientras arma una casita con las cajitas de jugo.

—Sí, sí, claro —dicen ambos al unísono.

Entra Paco, sin tocar previamente a la puerta.

—La gente de este pueblo está loca —dice Paco riéndose.

—¡Paco! —lo recrimina Segundo—. ¿Cara de qué usted nos ve a nosotros dos?

—Bueno —responde Paco como si fuera algo gracioso—, cara de bobos. Están así, mira.

Paco les muestra cómo están embobecidos con La Muchacha.

—Paco, por favor, diga qué quiere—le pide El Primero.

—Qué quiere no —aclara Segundo—. Salga, toque la puerta, y si se le autoriza, entonces pase.

Paco sale y toca.

—¿Quién es? —pregunta Segundo.

—Es el compañero Paco —dice Paco desde afuera—, el que está atendiendo la recepción hasta que contraten a alguien.

—Pase —le ordena Segundo de mala gana.

—Ustedes están locos pal carajo —dice Paco entrando—. Ya llegaron al pueblo los tres, a los que les tocaba entrar hoy, y la gente tiene tremendo brete formado porque hay dos sin cara. No, hay dos a los que no se les ha visto la cara. Y la gente que si son hombres lobos, que si la loba es la vieja que viene con ellos, que si qué sé yo...

—Paco —lo interrumpe El Primero—, ¿cuándo a nosotros nos ha interesado lo que opina y lo que piensa la gente?

—Nunca —responde Paco—. Eso lo sé, pero es que hay gente diciendo: que si esto es un pueblo nuevo y desde ahora están ocultando cosas, que si no se destapan la cara, que si...

—Que si no te vas te voy a poner una multa —lo amenaza Segundo en el mismo tono— que hasta el talonario va a llorar.

Urbino tras las rejas. Mario le habla mientras mira una foto.

—Acaba de hablar, muchacho —dice Mario condescendiente—, para que puedas salir e irte a trabajar.

204

—Es que no sé nada, oficial, ¿qué tengo yo que ver con un faltante de cajas de jugos en la oficina de no sé quién, si a mí me tienen trabajando en la calle?

—Por eso mismo, porque usted anda en la calle, a lo mejor sabe. Quizás algún delincuente de esos con los que se reúne anda vendiendo jugos.

—Óigame, usted puede ser mi abuelo y además es una autoridad, por eso no voy a contestarle, pero yo no soy ningún delincuente. Lo único que he hecho desde que llegué a este pueblo es trabajar, pero parece que le caigo mal a alguien importante.

—Por eso mismo quiero ayudarlo, para que salga rápido y se ponga a trabajar. Bastantes baches tienen las calles de este pueblo para que el tapahuecos se dé el lujo de estar encerrado.

—Yo no soy ningún tapahuecos. La plaza mía se llama «técnico especialista en viales y viaductos de nuevo tipo».

—¡Ay, Dios, qué importante..! —exclama Mario burlón—, tiene más título que tamaño.

—A mucha honra, y todavía no le he dicho que también estudié en la Unión Soviética la especialidad de Fitotecnia de la Remolacha en un Clima Templado, y Perfumería a Base de la Flor del Abedul, y...

—Y por gusto, porque se te olvidó estudiar cómo escaparte de una celda. Sigue en la guanajada esa, que te va a caer nieve allá adentro.

Mario va hasta la ventana. El día está soleado y los frutales, a lo lejos, denuncian los efectos negativos de la larga sequía. La Fortuna está en calma, solo algunos pobladores caminan distraídos. Luego vuelve a su buró y se queda absorto en la pequeña foto.

—¿Qué, alguna novia de la juventud? —le pregunta Urbino tratando de entrar en confianza.

—¡Muchacho! —responde Mario de buena gana—, esta patatica es mi vida. Estaba loquita por mí. Ella y yo trabajábamos juntos en un taller, pero aquello lo desintegraron. ¿Por dónde andará ahora la bandolera esa?

Arturita, muy arreglada, en la puerta de la casa, con una jaba en la mano.

—¡Sí, voy a verlo! —le dice a Pipo—, porque es mi marido y tengo que cumplir con mi deber.

—Cuidadito con pedir pabellón conyugal. Una hija mía no debe andar revolcándose con un delincuente común en cualquier lugar.

—Descuide, Pipo, que yo no voy a revolcarme en ningún lugar, para eso tengo casa, y le aseguro a usted que hoy regreso con Urbino para acá.

—¡Ay, mija! —le comenta Pipo haciéndose el buena gente—. Yo sé que usted tiene deseos de que él venga. Pero hay que ser realista: por eso que él hizo por lo menos son quince años, si hay justicia.

—Ya usted verá si hay justicia o no —responde Arturita—. A mí me dijeron que ayer en la empresa botaron dos sacos llenos de cajitas de jugos vacías —irónica—. ¿Y desde cuándo Urbino entra a oficinas de la empresa a tomar jugos? Si no lo sueltan, de esto van a enterarse hasta en La Habana.

Se va Arturita y Pipo se queda pensando.

«¿Quién le estará dando información a la niña de las basuras de la empresa?».

La Muchacha le enseña alguna parte del cuerpo a El Primero y a Segundo. Ellos están con los ojos muy abiertos y la barbilla pegada al buró, con un jugo delante y el absorbente en la boca.

—¿Ven? —dice ella señalando un punto en el muslo—. El pinchazo fue aquí, yo no podía ni moverme del dolor, a partir de ese día no pude trabajar más en un pantry. Por eso es que no me conviene esa plaza. Ahora voy a enseñarles.

Hace además de subir la blusa y aparece de repente Paco.

—Ya sé que tengo que tocar primero —dice Paco asomado a la puerta—, pero llevo el día entero allá afuera y no he tocado nada, ustedes por lo menos… —El Primero lo mira amenazador—. Ah, verdad, a lo que vine: ya están sentados allá afuera los recién llegados: la señora y Los Jimaguas. Es verdad que son igualitos, parecen jimaguas, tú los miras y no sabes cuál es uno y cuál el otro, con razón la gente del pueblo está tan asombrada.

Se va Paco.

—Segundo, por favor —ordena El Primero—, salga, póngale un montón de multas a Paco, después hágale el examen de preadmisión a los

207

recién llegados y me los manda para acá. Yo voy a ver por dónde le doy a..., digo, dónde le doy una plaza a la compañerita.

Segundo sale de mala gana.

—Pero si usted dice que los jefes la conocen hace años —le dice Pipo a Flor—, y que tiene experiencia como recepcionista, ¿por qué no le dan la plaza?, ¿qué requisitos le piden?

—Certificado de graduada, que yo lo tengo; dos fotos, que las tengo; y un análisis de orina para saber si la recepcionista se para mucho de su puesto de trabajo, eso lo tengo también. Pero me exigen estar casada con alguien del pueblo.

—Imagínese, yo pudiera ayudarle en ese requisito, pero el problema es que... si me caso con usted, entonces ya no puedo cobrarle el alquiler, y esa es la única entradita de dinero que tengo. Yo soy un hombre prácticamente solo en esta casona, y ya vio cómo me tratan mis propios familiares.

—No se preocupe, Pipo, yo tampoco me casaría con usted, porque no es mi tipo, pero a lo mejor tiene un amigo...

—Yo voy a hablar con Fernández, un amigo mío —dice Pipo—, para ver si quiere dar la cara, pero no se preocupe, que con ese cuerpazo que usted tiene... Mire, casualmente, hace un rato pasó por aquí el especialista en semillas de mamoncillo de la despulpadora, y me contó que están llegando gente nueva al pueblo. Creo que llegaron unos jimaguas idénticos, a lo mejor alguno de ellos se fija en usted, ¡de los dos tendrá que haber uno que esté obstinado de la vida!

El Primero en su buró, y frente a él Marcia y Los Jimaguas.

—La felicito —dice El Primero convencido—. A usted y a los padres de ellos. Es increíble cómo unos jimaguas pueden parecerse tanto.

—Es delirio lo que la gente tiene con ellos —comenta Marcia—, y no se parecen más porque no nacieron el mismo día. Este —refiriéndose al más gordo— nació el día 5, y el flaquito a fin de mes.

—Increíble —dice El Primero—, me quedo mirándolos y parecen dos gotas de agua. Yo no sabría decir cuál es uno y cuál es otro. A ver —señala al gordo—, este es Uno —después al flaco— y este es Otro.

—No —rectifica Marcia—. Este es Uno y este es Otro. Ellos no son de mucho hablar, pero son educados, sencillos y laboriosos, y se quieren. Nosotros antes trabajábamos en un circo. Una vez a Uno el león se lo quiso comer. Otro se le paró delante al león, y como son iguales, el león pensaba que estaba viendo doble, se mareó y así pudieron escapar.

—Qué bueno que son trabajadores —se alegra El Primero—, porque eso es lo que me hace falta a mí en este pueblo: gente trabajadora. Ustedes me han caído bien, no los voy a someter a la comisión. ¿Ya conocieron a Segundo? Es un compañero muy exigente, pero le gusta su trabajo. Hablando de trabajo: déjenme ver qué trabajito les encuentro en el pueblo.

—Usted también nos ha caído bien —dice Marcia—. Hay una frase muy vieja, de cuando yo era niña, sabe Dios quién la inventó, a lo mejor usted no se la sabe porque es muy joven. Es un jefe que decía: «Donde ustedes caigan heridos, yo caigo muerto». Eso le pega, porque se ve que quiere a los trabajadores.

—Bueno —concluye El Primero mirándola muy serio—, la plaza que voy a darles a ellos…

—A mí pueden darme la plaza de recepcionista —se adelanta a decir Marcia—, y si no me la dan a mí, pueden dársela a Los Jimaguas. Se ve que cualquiera no llega a donde está usted. Allá afuera hace falta Uno para explicarle a la gente, y Otro para aguantarla.

—Miren, lo que tengo aquí es para trabajar en la despulpadora —le dice El Primero a Los Jimaguas—: una plaza de exprimidor de mango y otra de triturador de guayaba. Y para usted, Marcia, me hace falta que coja ama de casa hasta nuevo aviso.

—Oiga, mayor —le dice Segundo a Mario por teléfono—. Sí, yo sé que usted todavía no tiene el grado de mayor ni lo va a tener si sigue tan ineficiente. Déjeme hablar, Mario: ¿cómo es eso que soltó a Urbino? ¿Qué importa si la mujer de él sabe que los jugos…? ¿Usted es la mamá de los jugos? Entonces, debió consultar conmigo. Falta de pruebas ni falta de pruebas, acuérdese que el que está en un periodo de pruebas es usted, póngase para esto. Mire, yo tengo en mis manos un anónimo que llegó aquí y dice que en casa de Urbino hay una persona alquilada hace tres días, eso es ilegal, porque la empresa no ha autorizado a nadie a eso. Sí, él estaba preso, pero... ¿quién responde por esa casa? ¿A quién se la dio la empresa? Proceda urgente y me lo trae para acá. Mario, ¡eso es ya!

—Ahí está acostado como si no hubiera nada que hacer en este pueblo —le informa Pipo a Mario en el portal de la casa—. Yo le digo a usted que no hay seguridad con gente de esa calaña suelta por ahí. ¿Qué fue lo que hizo ahora?, porque me imagino que la policía no lo está buscando para condecorarlo.

—Llegó una denuncia de que está alquilando ilegal aquí en la casa —asegura Mario.

—Yo le dije que iba a meterse en un problema, pero si lo denuncio, mi hija se pelea conmigo. Soy una víctima, Mario. Creo que le cobró cuarenta y cinco pesos en divisas a esa infeliz. Voy a buscárselo inmediatamente. ¿Quiere que se lo traiga ya esposado?

—Entréguemelo vivo, de lo demás yo me encargo —le sugiere Mario—. Ah, y mándeme a la inquilina para tomarle declaración.

Pipo entra y Mario queda pensativo: «Ese muchacho no parece malo, pero tiene azúcar para enredarse en problemas».

Flor se asoma a la puerta y Mario está de espaldas.

—Buenos días, oficial —dice Flor—, ¿usted quería verme?

Mario escucha la voz de Flor y se queda congelado. Mueve la cabeza para comprobar que no está soñando. Saca la foto, la mira y se vuelve a ella.

—¡Mario! —exclama Flor sorprendida y evidentemente contenta.

—¡Mi Florecita! —le dice Mario emocionado.

Ambos corren y se abrazan con mucha alegría. Pipo trae a Urbino con las dos manos hacia adelante, amarradas con una soga.

IV

El Primero habla por teléfono. Segundo espera sentado frente a él.

—Sí, entendí perfectamente, compañero Decoroso, no se preocupe, que eso nosotros lo cumpliremos, aunque haya que matar a alguien... No, es una forma de decir. Óigame, hablando de otro tema: ¿falta mucho para que me manden el carro?

Evidentemente le colgaron. Hace lo mismo.

—Parece que se cayó la llamada —le miente a Segundo.

—Seguro le colgó, porque usted lo tiene loco con el tema del carro, es demasiada insistencia, y ya estamos sobregirados en los gastos de teléfono por llamadas al nivel central.

—Yo no tengo loco a nadie, Segundo. Son los trabajadores, que no me dejan tranquilo preguntándome que dónde está el carro de ellos, que dónde lo metieron. Bueno, vamos a lo más importante: ¿usted no me dijo a mí que ya en el pueblo estaban todas las cosas creadas y funcionando?

—Sí, por lo menos las cosas fundamentales: los servicios, las instituciones, la despulpadora de frutas como renglón productivo principal del pueblo. En fin, todo. ¿Qué pasó?

—Del nivel central acaba de llamarme Decoroso para halarme las orejas, o más bien para meterme un grito por las orejas, porque nosotros no hemos creado el cementerio del pueblo.

—Bueno…, sí, es verdad —dice Segundo—, pero imagínese, este es un pueblo recién creado, y como no se ha muerto nadie todavía, no se nos ocurrió que faltaba eso. No se preocupe, que ahora mismo mando a Los Jimaguas a que limpien un terrenito que está después de la pista de baile, le hagan una cerca y pongan un cartel que diga: «Bienvenidos al cementerio».

—Espérese, Segundo, no se acelere —lo calma El Primero—. No se crea que lo puede resolver todo tan rápido. Dice Decoroso que debe ser por todo lo alto. Hay que hacer la actividad de inauguración con un enterramiento. Nada, tiene que morirse alguien.

—Ahora entiendo porqué usted le decía que íbamos a cumplir aunque tuviéramos que matar a alguien —deduce Segundo maquiavélico.

—Es una forma de decir las cosas —expone El Primero imaginando la trascendencia de su planteamiento—. No se me vuelva loco, ¡que yo sé lo que usted es capaz de hacer por cumplir una orientación! Entre usted y yo debemos encontrar una solución para este problema.

—Bueno, nosotros buscaremos la idea, pero se necesita la colaboración de todos, porque el pueblo es de todos —dice Segundo—. Yo propongo hacer un escalafón para ver quién es el más indicado en asumir esa tarea.

—¿Qué tarea? —pregunta El Primero sin entender.

—La de morirse. Aquí lo que hace falta es alguien que esté dispuesto a morirse, y que sea rápido, antes de que nos vayan a poner un incumplimiento a nosotros.

—Entonces, vamos a hacer un listado con las posibles propuestas, y después convocamos a una reunión para escuchar el criterio de los compañeros y decidir —acepta El Primero, y saca un papel—. ¿A quién pongo de primero? No se me ocurre nadie así que pudiera...

—Yo pienso que debemos comenzar con los de mayor edad —propone Segundo, y saca otro papel.

Se asoma Paco en la puerta.

—Permiso —dice Paco.

El Primero y Segundo lo miran y luego se miran intencionadamente entre ellos.

—¿Qué pasó? —pregunta Paco extrañado—. Se han quedado pálidos. Parecen como si hubieran visto a un muerto.

El Primero y Segundo, al mismo tiempo, escriben un nombre en sus papeles.

En la calle, Flor y Mario hablan con marcada intimidad, la gente los mira al pasar.

—Tú eres tremendo, Mario —le dice Flor—. No cambias, siempre detrás de las muchachitas jóvenes y bonitas como yo... Ya, que la gente nos está mirando.

—Que nos miren. Tú no sabes la felicidad que sentí cuando te vi en este pueblo. Esta proposición de matrimonio te la estoy haciendo, no porque me contaste que te hace falta casarte para obtener la plaza de recepcionista. Te la hago porque yo siempre he estado enamorado de ti —dice Mario y le da una nalgada—. ¡Te la hago por bandolera!

—¡Mario, ya! Tú eres una autoridad del orden, y mira el desorden que tienes armado aquí. Además, yo soy una muchacha que llegué nueva al pueblo, ¿qué va a pensar la gente de mi?

—Aquí todo el mundo llegó nuevo. Decídete, muchacha. Tú no sabes cómo hay mujeres en este pueblo detrás de mí.

—Me imagino que están detrás de ti para hacer acusaciones y formular denuncias…, o por la tremenda casa que tienes.

—Casa que va a ser de mi esposa también —asegura Mario seductor—. Dale. Yo estoy lleno de vigor para comenzar una nueva vida. Además, voy a hablar con los jefes de la empresa para que te den la plaza de recepcionista.

—Bueno… ¡Ay, no sé! —finge Flor—, es que… Está bien, pero con una condición, porque tú eres un hombre de mucha experiencia y yo muy inexperta.

—¡Afloja! Tampoco exageres con eso de «inexperta» —le aclara Mario—, acuérdate que trabajamos juntos en el Bartolete Pérez, y allí se experimentó de todo.

—Mis condiciones son las siguientes —dice Flor—: nos casamos y yo me voy para tu casa, pero no vamos a consumar nada hasta que yo esté instalada en mi plaza de recepcionista, y me pongan fija, y obtenga la categoría de vanguardia.

Mario se queda pensativo unos segundos.

—Trato hecho —termina por aceptar—. Vamos para el registro civil.

Emprenden camino, juguetones y felices ante la mirada curiosa e incrédula de los pobladores, no acostumbrados a las ridiculeces de un anciano policía como Mario, ni a la desfachatez e infantilismo de una mujer tan fea como Flor.

El Primero y Segundo, reunidos con varios viejos del poblado, entre ellos Mario, Paco y Pipo Pérez.

—Los que estén de acuerdo con la idea —propone Segundo—, que lo expresen levantando la mano.

Nadie levanta la mano. El Primero y Segundo cruzan miradas.

—Por favor, compañeros —interviene El Primero—, esto es un pedido de la empresa. Yo haría cualquier cosa por ustedes, recuerden que siempre he dicho que donde ustedes caigan heridos, yo caigo muerto.

—Bueno, entonces la reunión está de más —dice Paco—: ya El Primero dice que va a caer muerto, podemos irnos.

—Un momento, Paco —lo detiene Segundo—, no se haga el vivo. Usted sabe que esa es una frase que teóricamente siempre dice El

Primero. Además, él no puede morirse todavía. ¡Arriba!, alguien tiene que dar el paso al frente, la empresa necesita de ustedes.

—Será que no necesita de nosotros —sugiere Pipo—, porque la propuesta se las trae.

—Permiso —interviene Mario—. Yo quería plantear algo para que no se vaya a pensar que yo, en mi condición de autoridad policial, no estoy de acuerdo en dar el paso al frente. El problema es que acabo de casarme y voy a iniciar una nueva vida, no es justo que se me encomiende esta tarea a mí. Yo propongo al compañero Paco, que es un compañero cumplidor, alegre, entusiasta.

Se para Paco como un resorte y habla.

—La propuesta es muy bonita, y agradezco al compañero por pensar en mí, pero no se olviden que en todas las evaluaciones se me ha señalado por olvidadizo e irresponsable, y la muerte es una cosa muy seria. ¿Ustedes se imaginan que a mí se me olvide que estoy muerto y no cumpla con mi función? Además, compañeros, no va a ser cualquier muerto: ¡va a ser el primer muerto del pueblo!, tiene que ser alguien responsable. Gracias.

Paco se sienta.

—Necesito que dejen el peloteo y se pongan de acuerdo —propone Segundo autoritario—, ya Los Jimaguas a esta hora deben haber terminado de abrir la fosa y esa actividad no puede caerse.

—Bueno —interviene El Primero persuasivo—, nosotros estamos escuchando el criterio de todo el mundo, para que después no digan que se murieron sin ser escuchados. ¿Usted quiere decir algo, Pipo Pérez?

—Mi intervención va a ser breve —dice Pipo y se pone de pie—. Corría el año 1970, cuando un grupo de macheteros destacados…

—Por favor, compañero Pipo Pérez —lo interrumpe Segundo—, nosotros aquí, en la empresa, tenemos la biografía de todos los pobladores, concrete su intervención.

—Bien —prosigue Pipo—, yo lo que quiero es hacerles una proposición a los compañeros de la mesa, pero esto no puede salir de aquí. Yo creo que no es necesario que se muera alguien de este pueblo para inaugurar el cementerio. Podemos cambiar a un vivo de aquí por un muerto de otro pueblo.

Los viejos aplauden.

—Por ejemplo —continúa Pipo—, aquí tenemos a Urbino, que es un delincuente común, ya la policía no sabe qué va a hacer con ese muchacho. Propongo permutar a Urbino por algún muerto de otro lugar.

Segundo tiene a Urbino sentado en la oficina, en situación de acusado, mientras da paseítos alrededor de él.

—Pero yo soy inocente, compañero Segundo —dice Urbino.

—No, usted lo que es un conflictivo —le aclara Segundo— que ha venido a traerle mucho mal a este pueblo. Llegaste pintándote de buen trabajador y mira en lo que estabas: alquilando ilegalmente en la casa que la empresa te entregó.

—Ya le expliqué, yo estaba detenido en esos días. Fue mi suegro, Pipo Pérez, el que metió a esa mujer en la casa.

—Déjese de hablar mal de su propio suegro, infeliz viejo que no lo eligió a usted para marido de su hija. Al que la empresa le entregó la casa fue a usted. Quien aparece en los papeles como titular del inmueble es usted. Entonces, usted disfruta de los beneficios, pero no quiere cargar con los perjuicios. ¡Qué simpático nos ha salido, Urbino!

—Bueno…, yo no tengo culpa de nada —se defiende Urbino—, y sin embargo, le devolví a esa señora el dinero que Pipo le cobró. Además, la mujer ya se fue de la casa, porque se casó. ¿Qué más usted quiere que haga?

—Yo no quiero nada. Yo lo cité aquí para notificarle la medida de la empresa. Usted incumplió con varias cláusulas del contrato que se le hizo cuando llegó al pueblo. Por tanto, después de un análisis profundo, una comisión decidió que tiene que irse del pueblo con su familia y entregar la casa.

—¿Entregar la casa?

Urbino se queda pensativo y rememora el día en que Arturita, con el catálogo de las casas del pueblo apretado contra el pecho, le dijo: «Yo no viro para atrás, Urbinito».

—Mire, compañero Segundo —implora Urbino—, yo me comprometo a cumplir la sanción que usted quiera, pero no nos saquen de la casa, mi mujer está muy entusiasmada con este pueblo.

—Está bien —acepta Segundo y le entrega un papel—, su familia se queda, firme ahí.

—¿Puedo leer? —pregunta Urbino temeroso.

—Usted no está en condiciones de leer nada, firme —le ordena Segundo y Urbino obedece—. Acaba de firmar su consentimiento para ser trasladado a otro pueblo a realizar otras labores. Vaya, y prepare un bolsito con cepillo, pasta y dos calzoncillos, que mañana vienen a buscarlo.

—Pero, yo tengo tres baches pendientes de arreglar en la carretera, esa es mi especialidad.

—Olvídese de eso, ya aparecerá alguien que lo sustituya. Es más, ya que sabe tanto de huecos, apúrese a ver si Los Jimaguas no han terminado, e incorpórese con ellos en lo que será su último trabajo en este pueblo.

En un solar yermo, alejado del poblado, Urbino da pico y pala, él solo, a punto de desmayarse, mientras Segundo y Los Jimaguas lo miran.

Pipo Pérez se balancea muy contento delante del televisor. En el cuarto, Urbino, extremadamente triste, recoge algunas pertenencias y las pone en un bolso. Arturita escribe nerviosa sobre un papel.

—Yo me imaginaba que en eso iba a parar él —comenta Pipo—: desterrado. Mira que se lo dije a la niña, desde el primer día que ese sujeto puso un pie en mi casa supe que era un bandolero. La misma expresión delictiva del Mulato de los Iznaga.

—Usted ni se atormente —le dice Arturita a Urbino—, ya yo lo saqué una vez del calabozo, ahora voy a sacarlo de este problema.

—Ya le dije que yo me voy contento, Arturita —la trata de calmar Urbino—. A lo mejor en aquel pueblo todo es diferente, y allí saben escuchar las ideas de los jóvenes como yo. ¿Usted me echó los tres títulos en el maletín?

—En cuanto abran un curso de abogada —comenta Arturita absorta en el papel—, voy a meterme, porque a mí no me gustan las injusticias. Yo voy a mandar esta carta para La Habana, y voy a sacar una copia para que la lean en el programa radial «Árbol que nace torcido», para que se enteren del caso suyo.

El lugar está preparado para el acto de inauguración del cementerio del pueblo. Hay una fosa abierta y una cruz de madera en una punta del hueco. Una cinta, que será cortada en la inauguración, delimita la entrada. Muchas personas en el lugar, la mayoría vestidas de negro. La gente espera bajo el sol, con sombrillas, sombreros, abanicándose y murmurando. Segundo y El Primero conversan aparte sobre lo bajo.

—Segundo —dice El Primero nervioso—, acabe de entregarme el dichoso discurso, y no borre más, que la gente está impaciente, y el compañero que mandaron de incógnito del nivel central para supervisar la actividad está inquieto también.

—Espérese un minuto —le pide Segundo mientras borra y arregla frases en el escrito—. Me enteré que el muerto que trajeron falleció atragantado con una semilla de mango, y no podemos decir eso en el discurso, porque el renglón principal de producción nuestra es el jugo de mango. Por tanto, no va a ser un buen precedente si se dice que el primer fallecido del pueblo es una víctima de la producción.

—Y hablando de eso: ¿ya se llevaron a Urbino? —pregunta El Primero preocupado.

—Sí, en estos momentos debe estar siendo trasladado —responde Segundo y le entrega el papel—. Ya está completo.

—Buenos días, compañeros —lee El Primero y todos atienden—. Hoy es un día muy alegre para nosotros. Estamos inaugurando otra obra que se entrega en tiempo récord por la empresa. Se trata del cementerio La Santa Semilla.

Todos aplauden entusiasmados.

—Esta es una obra insustituible —prosigue El Primero—, porque no podemos empezar una nueva vida sin tener garantizado dónde vamos a terminarla.

De nuevo aplausos.

Sico, sin dejar de hablar, traslada a Urbino en su carretón, alejándose del pueblo. Urbino va triste mirando lo que deja atrás.

—Yo no entiendo por qué usted va para otro lugar —comenta Sico—, porque la gente después que entra a este pueblo, difícilmente se va. Seguro allá en el otro lugar la va a pasar mal. La gente habla mucho de que si aquello está bueno, de que si el que va no vira, y yo creo que allá no hay ni refresco. ¡Como a mí me gusta el refresco! ¿A usted no le gusta? Pues, como le iba diciendo, yo nunca había hecho este viaje de sacar a alguien.

El carretón se aleja sin que Sico deje de hablar ni Urbino logre calmar el nudo impertinente en su garganta.

Al día siguiente, en un lugar despoblado, Segundo está parado frente a un hombre extremadamente corpulento. Alejado de ellos, a un extremo del camino, está Urbino con sus pertenencias, cabizbajo y apenado.

—Ahí lo tienes —le dice el hombre a Segundo en tono brusco—, no lo queremos en el pueblo. Tan pronto llegó ayer, se puso a meterle ideas raras a la gente en la cabeza y a sacar títulos y diplomas.

El hombre le da a Segundo, amenazante, con un dedo en el pecho mientras habla.

—¡Devuélvanme mi muerto, que yo les devuelvo al pamplinoso ese, pero eso es ya, o le doy la orden a mi gente para atacar de inmediato!

Segundo mira a Urbino con odio, haciéndole entender lo que le espera. Urbino baja la cabeza y se persigna.

V

Urbino y Arturita comen mientras observan a Pipo que mira la sopa sin probarla. Pipo aparta la sopa y, como un niño, se sienta de lado, decidido a no comer, emperrado.

—Cómasela, porque va a enfermarse —le dice Arturita en tono maternal y Pipo niega como un bebé—. Seguro Mario y Paco se la comen, por eso están tan saludables y tan llenos de vida.

—Fíjese si la sopa es saludable —agrega Urbino tratando de coger la sopa de Pipo para comérsela—, que Mario, con la edad que tiene, está recién casado.

Arturita se le adelanta a Urbino y no le permite coger la sopa.

—No, Urbinito, no le haga eso. Usted, en vez de ayudar, lo que hace es comportarse como un muchacho.

—Ahora resulta que soy yo el problemático —reclama Urbino.

—Claro que sí —lo enfrenta Arturita—. ¿Qué infantilismo es ese de tomarle la sopa al pobre viejo?

—Pero si él no la quiere. ¿Usted no se da cuenta que todos los días es lo mismo?

—Sí la quiere —responde Arturita. Présteme acá la billetera.

Urbino le da la billetera de mala gana. Arturita la abre y hay apenas tres pesos. Extrae uno y se lo da a Pipo. Pipo lo coge, pero sigue en su postura de no comer. Urbino trata de quitarle la billetera, mas ella lo aparta. Arturita le da otro peso y, por fin, cuando le da los tres, Pipo agarra el plato y come apetitosamente. Urbino se pone de pie muy disgustado y sale en dirección al portal. Arturita lo sigue mientras Pipo se queda hablando.

—Yo a usted se lo aconsejé desde que era una niña: nunca se me vaya a casar con un muerto de hambre, que el día de mañana se va a arrepentir —intenta hablar como Arturita—. «¡No, él es un buen muchacho!». Mire lo que le pasó a su madre por irse con el Mulato de los Iznaga. Dicen que la última vez que vieron a ese degenerao del Mulato fue en la posta médica de Paso Diez, porque un perro le había desguazado las canillas cuando trataba de quitarle un hueso para hacerse una sopa.

Repara en la sopa y la aparta con asco.

Regresan Urbino y Arturita discutiendo. Urbino busca el dinero en la mesa, pero Pipo se adelanta y se lo guarda en el bolsillo.

—Urbinito, hágame el favor y deje la ridiculez —le dice Arturita—, que fueron tres pesos nada más.

—Precisamente, los únicos tres pesos que nos quedaban para pasar el mes.

—¿Y usted mañana no cobra? —pregunta ella.

226

—Sí, pero este mes solo me viene la mitad del sueldo.

—Qué situaciones más raras se le dan a su marido —agrega Pipo malicioso—. Que yo sepa, él sale todos los días de aquí a las cinco de la mañana a tapar huecos en las carreteras, a no ser que... no sea a trabajar a lo que va. A las mujeres hoy día les gusta mucho la calle, y precisamente en la calle es donde trabaja su marido...

—Urbinito, responda —reclama Arturita celosa—. Usted me dijo a mí que este mes había hecho más kilometraje que el mes pasado. ¿Cómo es posible que le paguen menos?

—No sé, Arturita, mañana nos explican en una reunión que hay en la empresa. Debe ser por el problema de...

—¿De qué? —insiste Arturita.

—...de la crisis mundial.

Arturita no queda convencida y Urbino se percata.

—O tal vez es porque... —intenta decir Urbino.

—¿Por qué?

—... por el cambio climático.

—Lo único que le falta por mencionar es el efecto invernadero —dice Pipo riendo—, y aquí no entra un invierno desde la caída de Europa del Este. No se confíe, mija. Yo usted me iba con él para la dichosa reunión.

Arturita asiente.

—¡¿Usted puede creer que no?! —le dice Urbino—. No voy a ser el hazmerreír de la gente, que después dice que uno es un gobernado.

A la sombra de un árbol están reunidos un grupo numeroso de personas. Una mesa larga cargada de jugos y diversas frutas, dispuesta para que El Primero, Mario, Segundo y otros dirigentes ocupen la presidencia. Frente a ellos, con marcada humildad, Sico, Marcia, otros trabajadores y Urbino, con cara de inconforme por la presencia de Arturita a su lado. Las personas miran a Arturita como fuera de lugar. Incluso secretean, pero ella, aunque se da cuenta, se mantiene como si no lo advirtiera.

El Primero, que lleva mucho tiempo hablando, continúa:

—Entonces yo, previsoramente, preocupado por la comunidad comunal, me pregunté: ¿qué podemos hacer para salir de este transitorio desbalance presupuestario? Y me respondí: hablar con la gente, pedirle comprensión.

Los de la presidencia aplauden.

—Después de esta emotiva introducción del querido compañero El Primero —dice Segundo—, ¿qué tienen ustedes que decir?

—¡Que no estoy de acuerdo! —dice Arturita.

Los de la presidencia se ponen en guardia y comentan entre ellos.

—Porque mi marido —continúa Arturita— ya tiene cayos hasta… en la espalda.

—Hablando de cayos —interviene Segundo—, haga el favor y cállese, compañera. Esta es una reunión con los factores de la despulpadora.

—Déjela que hable —interviene El Primero deteniendo a Segundo—, ella es parte mancomunada

228

de la comunidad, esta es una decisión colectiva. Continúe, compañera.

—Le decía que mi marido se pasa el día tapando huecos. Hace tres días lo que estamos comiendo es sopa, ahorita el hueco lo va a tener en el estómago. Así que no es justo que nos vengan ahora con que no pueden pagarle el mes completo.

Los presentes empiezan a protestar al unísono, Urbino es el único que está tranquilo. Segundo le hace señas a Mario para que ponga control.

—Urbino —dice Mario—: o se controla o lo encierro hasta que la comunidad logre un desarrollo acelerado y paulatino.

Urbino, asustado, empieza a callar a la gente hasta que todos se calman.

—Si no nos ponemos de acuerdo —dice El Primero más calmado—, con mucha tristeza tendremos que cerrar la despulpadora, y eso significaría el cierre del pueblo.

—Ah, no, eso no —dice Arturita, y trata de justificar lo dicho anteriormente—. Es verdad que la sopa uno se la come y al minuto es como si no hubiera comido, pero… a nosotros nos gusta mucho la sopa…, a mi papá la sopa le encanta. ¿Verdad, Urbinito?

Urbino asiente con desgano.

—Yo quisiera referirme a ese tema —dice Urbino.

Marcia levanta la mano.

—Tiene la palabra la compañera —dice Segundo.

—Yo les aconsejo que no permitan el cierre del pueblo —plantea Marcia—. Los cierres son malos.

Urbino quiere hablar. Levanta la mano, Marcia lo mira amenazante y él desiste.

—El circo donde yo trabajaba lo cerraron por culpa de un comecandela —prosigue Marcia.

Urbino cree que ya terminó y vuelve a insistir. Ella retoma la palabra, casi adrede.

—Un comecandela que se enredó con un cable y ahora la que se está comiendo un cable soy yo. Bueno, y también Los Jimaguas, que siempre le doy gracias a Dios de que son jimaguas.

Hace una pausa provocando a Urbino. Cuando al fin Urbino decide hablar, Marcia lo abochorna.

—Chico, ¿cuál es tu problema conmigo?

Urbino, apenado, no sabe qué hacer.

—Les decía —prosigue Marcia— que Los Jimaguas tienen la ventaja de que se quieren mucho, y en tiempos de escaseces, con dos que se quieran, con uno que coma basta.

Marcia convida a Urbino para que hable, pero este se queda callado.

—Yo sugiero —dice Mario— que Segundo nos dé una explicación pormenorizada de la situación de la despulpadora, para que la gente pueda aportar iniciativas de cómo salir adelante. Eso sí: siempre dentro de la legalidad. No permitiremos que personas inescrupulosas se aprovechen de la situación.

Pipo compra un periódico y, al volverse, ve a Flor con un bolso en la mano que le pasa por al lado sin verlo. Pipo se le queda mirando y descubre que, a unos pasos, ella se encuentra con Fernández. Ambos se comportan de forma extraña, sigilosa. Hablan algo. Ella le entrega dinero y él algunos productos: ropas, bisuterías…, que rápidamente mete en el bolso. Después de mirar para todos lados, se separan. Pipo, cuidándose de que Fernández no lo descubra, sigue a Flor. En diferentes momentos y lugares la observa entrando y saliendo a casas, o vendiéndole algún producto a transeúntes, o proponiendo, o contando dinero. En una esquina logra interceptarla. Ella se asusta un poco, pero trata de no demostrar nerviosismo.

—¿Cómo anda, Pipo Pérez?

—No tan bien como usted, pero andando —responde Pipo.

—¿Salió a dar una vuelta?

—Más bien a ver cómo la gente se hace millonaria sin trabajar.

—¿Por qué usted dice eso? —pregunta ella dando a entender inocencia.

—Porque vengo siguiéndola. Y si no me da algo para mantener la boca cerrada, le diré a todo el mundo en lo que andan usted y su marido.

—No —le suplica ella asustada—. Mario no sabe nada, ni puede saberlo. Si él se separa de mí, no puedo conseguir la plaza de recepcionista. ¿Cuánto quiere?

—Una bobería. Yo no soy un hombre abusador.

—¿Cuánto? —insiste Flor.

—Quince pesos, de los de divisas.

—No. Tanto no puedo.

—¡Esta señora que ustedes ven aquí..!—dice Pipo en voz alta.

La gente se detiene curiosa.

—Él quiere decirles —les dice Flor, tapándole la boca a Pipo— que yo soy graduada de Recepcionología...

Mientras, le da el dinero sutilmente.

—...y que cuando yo empiece a trabajar en la dirección comunitaria —continúa Flor—, pueden contar conmigo.

Las personas siguen su camino y ellos se separan.

Hay una pizarra grande llena de números donde Segundo ha estado explicando lo engorroso de las cuestiones económicas. Se separa de la pizarra y habla mientras se sienta.

—En fin, para ser más claros, porque yo no me pienso jubilar haciéndolos entender: lo que produce la despulpadora no da para compensar el gasto social.

—Y la primera condición que nos pidieron para autorizarnos a fundar esta comunidad es que debía ser autofinanciada—argumenta El Primero.

—Permiso —dice Sico—. Yo no sé mucho de números, pero ahí en la pizarra dice que el plan de producción de la despulpadora es de un millón de pesos, y el de gasto social un millón también. Yo lo veo parejito como dos pomos de refrescos acabados de comprar.

—Sí, compañero —le aclara Segundo—, pero a la producción de jugos hay que descontarle el consumo interno, que como usted ve, asciende a diez mil pesos anuales.

—¿Y adónde van a parar esos jugos —pregunta Arturita—, porque yo soy casi fundadora de la comunidad y todavía no sé ni a qué saben?

—Yo supongo —le dice Sico a Arturita— que sepan más o menos como el refresco, pero más jugosos.

—Compañeros —interviene Mario—, nos estamos saliendo del tema.

—Yo solo quería explicarle a la compañera —trata de justificar Sico refiriéndose a Flor.

—No lo digo por usted —le aclara Mario—, sino por Urbino, que no le da la gana de dar una idea. O nos concentramos en esto o me veré obligado a procesarlo por apatía ante los problemas de la comunidad.

—Yo sí tengo ideas —dice Urbino—. Mire, ahí en la pizarra dice que los costos se excedieron por el gasto de combustible.

El Primero y Segundo se miran y después miran el carro que está en un extremo del camino.

—Pudiéramos pensar en alguna forma de economizar combustible —continúa Urbino—. Por ejemplo, en la tracción animal. Cuando yo estudiaba en la Unión Soviética, recuerdo que, como quien va para Moldavia, a la derecha, había un plan agrícola y todo se hacía con animales: la preparación de tierras, la cosecha…

—¿Sí? —lo interpela Segundo en tono irónico—.¿Y las bombas de agua para el regadío con qué las sustituían: con jicoteas?

Todos ríen, menos Urbino.

—La idea no es mala, Urbino —interviene El Primero—, pero ¿con qué dinero vamos a comprar los animales? ¿Y dónde los tendríamos, si todas nuestras tierras están destinadas a la siembra de frutales?

—Hablando de animales —interrumpe Marcia—: luchar con animales no es tan fácil como pudiera parecer. Nosotros en el circo tuvimos que vender la jirafa y el avestruz por incompatibilidad de caracteres, no entre ellas, sino con el tramoyista. Desde la vez que le comieron el telón de fondo, no hubo manera de que lograran una relación armónica. Aunque tal vez para el regadío pueden comprarse elefantes. Yo en el circo bañaba a Los Jimaguas debajo de la trompa del elefante.

—Por fin —insiste Arturita—, ¿cuándo se nos va a aclarar adónde es que van a parar los jugos destinados a la población?

Llega Paco corriendo y se para al lado de El Primero. Se le ve agotado.

—¡Así los quería agarrar! —dice Paco—. ¡Qué lindos!, ustedes de picnic y El Primero vuelto loco buscándolos. Dice que vayan mañana para reunirse.

—Paco —le aclara Mario—, él es El Primero, y ya estamos reunidos.

—Ah, ¿sí? —se sorprende Paco—. Oye, lo que me pasa a mí no le pasa a nadie. Desde ayer salí para la despulpadora a dar el recado, pero cuando llegué, se me olvidó, entonces me senté en la estera por donde pasan estas cajitas que El Primero se bebe al por mayor. Parece que como a esos trabajadores hace un mes que no les pagan, les da lo mismo envasar lo que aparezca. Me vine a dar cuenta cuando ya me habían puesto el absorbente para exportarme. Muestra un absorbente pegado en la espalda.

—Damos por terminada esta fructífera reunión —concluye Segundo—. Ya lo saben: si no encontramos una solución, el nivel central no nos otorgará el crédito para las nuevas inversiones en la despulpadora, y si no invertimos, vamos a la quiebra.

Pipo está sentado en la sala. Llegan Arturita y Urbino.

—Ay, Pipo, que tarde se me hizo —se lamenta Arturita—. Debe estar muerto de hambre.

—No, mija, no se preocupe —responde Pipo en tono de buena gente—. Yo me imaginé que ustedes estaban complicados.

—¿Vio que comprensivo es mi padre? —le dice Arturita a Urbino—. Y así usted lo critica.

—Con sus razones, mija. Yo entiendo a Urbino, es que los viejos nos ponemos majaderos.

—Enseguida caliento la sopa y comemos —dice Arturita.

—Ya la mesa está servida. Es que, para ayudar un poco, quise tener ese detalle.

Arturita y Urbino se miran asombrados.

Van hasta el comedor y, efectivamente, la mesa está servida con tres platos, dos con sopa, y uno con una buena comida criolla. Urbino y Arturita miran la mesa. Pipo se sienta al lado de la buena comida y les hace señas para que ocupen sus puestos.

—Me quedaba más dinero —dice Pipo—, pero no les compré una cajita a ustedes porque, como la sopa es tan saludable, tal vez estén haciendo la dieta de los ciento veinte años.

Pipo ríe y empieza a comer con gusto.

—No me hagan ese desaire —los conmina a que se sienten—. Arriba, a comer, que se les enfría la sopita.

Segundo le aplica una multa a alguien. Pasa El Primero en el auto y se detiene. Segundo va hacia él.

—Hace falta que deje un poco las multas y vaya para el campo —le ordena El Primero—. La economía se decide en las plantaciones, no con un talonario.

—¿Hay problemas? —se interesa Segundo.

—Las chirimoyas están casi podridas y no han ido los camiones a recogerlas —dice El Primero.

—Es que ya no nos queda combustible —le aclara Segundo—. A no ser que de la tarjeta que usted tiene guardada...

—No, esa tarjeta está reservada al sector del tamarindo.

—Pero si los tamarindos este año no han parido.

—Hay que ser previsor, Segundo. ¿Y si paren de momento? Siga, siga poniendo sus multicas a ver si con ese dinerito recaudado le pagamos el salario a los mismos que se las ponemos.

Acelera y se va. Segundo lo ve irse, impotente, hace gestos indicando una posible venganza. Guarda el talonario y se dirige a un teléfono público.

—Compañero Decoroso —dice Segundo después de marcar—. Lo llamo para informarle que se me ocurrió una idea para que la despulpadora sea rentable: ahorrar combustible mediante la aplicación de la tracción animal…Ok. Inmediatamente la pondremos en práctica.

Paco toca en la puerta. Salen Arturita y Urbino.

—Dice el animal de Segundo que Urbino tiene que hacerse una extracción urgente de jugo en la oficina.

Hace por irse. Arturita y Urbino se quedan confusos. Paco vira y aclara:

—No, perdón, dice Segundo que Urbino debe ir urgente, van a declararlo animal atractivo para ver si la despulpadora cumple.

Arturita y Urbino se le quedan mirando más confundidos.

—Parece que tampoco es así —reconoce Paco—. Bueno, que vayas, que van a sacarte el jugo por animal.

Paco se va.

—¿Animal, tracción, cumplimiento? —dice pensativa Arturita— ¿Qué habrá querido decir?

—Arturita —deduce Urbino—, prepáreme el cepillo y la pasta, que cualquier recado que venga de Segundo no debe ser bueno.

—No sea malpensado. Tal vez es que le aprobaron la propuesta del ahorro con lo de la tracción animal.

Urbino se pone alegre. Se abrazan contentos y entran para la casa.

El Primero, triste, lee un papel. Segundo aparenta no saber de qué se trata.

—Acabe de decirme lo que pasa —le reclama Segundo—. Tal parece que el carro se rompió.

—Para el caso es lo mismo —alega El Primero entregándole el papel—. Decoroso nos aprobó la solicitud de crédito para compensar el gasto social y para las nuevas inversiones en la despulpadora.

—Pero eso era lo que queríamos. ¿Por qué esa cara?

—Parece que alguien se fue de lengua y hay que aplicar la idea que dio Urbino de la tracción animal.

—Me lo imaginé —dice Segundo con descaro—, ese muchacho es un problema, pero no se preocupe. Yo, previendo que eso pasaría, elaboré el plan de ahorro. Mire —le muestra otro papel—, en el carretón de Sico pueden trasladarse las frutas a la despulpadora. Los Jimaguas se encargarían de regar los frutales, jarro a jarro.

—Todo eso está muy bien —acepta El Primero lastimoso—, pero ¿y yo qué? ¿Cómo atenderé las movilizaciones si al quitarme el carro me han dejado inmovilizado?

—Debemos adaptarnos a las circunstancias —lo consuela Segundo—. A la población va a encantarle tenerlo a usted cuerpo a cuerpo. Venga conmigo.

Salen de la oficina. Ya parados en la puerta, El Primero mira sorprendido para donde le indica su subordinado.

—Móntese y vaya hasta las plantaciones a arengar a los obreros —le pide Segundo—. La producción de jugos no puede detenerse.

El Primero acepta y se monta. Urbino, derrotado y triste, sale para las plantaciones con una silla amarrada a la espalda transportando a El Primero.

VI

Arturita hace un dulce en un improvisado fogón de leña. Se le nota cansada por la incomodidad. Entra y sale de la casa. Constantemente aparta a Pipo, quien le dificulta el paso recostado en un taburete casi en medio de la puerta trasera. Pipo la mira, pero no ayuda. Se asoma al interior de la casa, donde Urbino lee un libro y toma notas en una libreta.

—Por el camino que usted va —le dice Pipo a Arturita—, aguantando sol y pasando trabajo, en dos o tres años más la gente, en vez de decirle Arturita, le dirán «la abuela de Urbino». Yo he visto gente desconsiderá, pero, óigame, el pamplinoso de su marido tiene el número uno.

—El burro diciéndole guatacudo al caballo —responde Arturita—. Bastante hace el pobre Urbinito, que a golpe de pico y pala nos mantiene.

—Que yo sepa —dice Pipo y señala hacia donde está Urbino—, ese vago habitual está sentado ahí desde que amaneció.

—Porque le dieron el día libre a todo el mundo para que pensaran en una tradición cultural. Según Segundo, ese asunto es de vida o muerte.

—La que se va a morir es usted si su marido no le hace un rancho aquí afuera para que haga los boniatillos.

Arturita lo deja por imposible. Sabe que Pipo no cambiará, que enfrentar a Urbinito es su único modo de burlar los años y la soledad en que lo dejó su madre tantos años atrás. La crió solo, le dio lo poco que pudo y a él se lo debe todo, incluso esa rara forma de amar a su marido.

Le da a probar el dulce y, por la reacción de Pipo, sabe que ya tiene el punto exacto para bajarlo y comenzar a batir hasta que la mezcla tenga la textura ideal para los turrones.

—¿Usted se imagina que sea esa la tradición cultural que escojan? —comenta Pipo más alegre—: «¡Boniatillos Arturita!». Nos hacemos millonarios. Por lo menos quince pesos de los de divisas pueden hacerse todos los días.

—¿Usted cree, Pipo?

—Claro, mija… Bueno, a no ser que, cuando el negocio nos vaya bien, a esta gente se le ocurra ponernos trabas para que no prosperemos. Usted sabe que ellos, cuando necesitan, dicen que sí, pero después dicen que no.

—¿Qué gente, Pipo?

—Eh… El Primero y Segundo: que si es un uso irracional del boniato en detrimento de otras viandas nacionales, que por qué el boniato y no la yuca… A Suberina, la solterona de los Acuña de allá de Paso Diez, le cerraron el negocito que tenía de enhebrar el hilo en las agujas, porque, según los inspectores municipales, eso estaba atentando contra el plan técnico económico de la óptica. Imagínese, las viejas, necesitadas de remendar algún refajo, no compraban espejuelos, porque Suberina les enhebraba las agujas.

—Pipo, pero eso aquí no va a pasar. Esta es una comunidad de nuevo tipo. Si un día nosotros nos hacemos de mucho dinero —dice con ilusión Arturita, mientras mira a Urbino, que sigue concentrado escribiendo—, yo le compraría un pico automático a Urbinito, para aliviarle un poco el trabajo de tapar baches, y hasta una pala, también automática, o una computadora, para que escriba todas esas pamplinas tan lindas que se le ocurren. ¿Y qué usted querría para usted?

—¿Para mí? —dice Pipo mirándola, deseosa por saber—. Bueno, yo para mí no pido tanto, mija: me conformaría con que usted se separara de Urbino. No sería justo que se hiciera de un dineral haciendo boniatillos y siga cargando con ese degenerao, que ni un rancho le ha fabricado aquí afuera para que trabaje más cómodamente.

—No se haga el inocente. Usted también pudiera habérmelo hecho —dice Arturita.

—¿Con qué presupuesto? —responde Pipo molesto y entra para el cuarto.

—Con el que usted se busca por ahí haciéndole marañas a la gente. No se crea que porque me hago de la vista gorda soy boba.

—Quién me iba a decir que mi propia hija, de la que soy padre y madre, me trataría así cuando llegara a viejo —dice Pipo haciéndose la víctima y hablando alto para que oigan los vecinos—. Una hija que cuando chiquita se comió la mejor tierra que había en la casa y tuvo los mejores parásitos de la época.

—¡Cállese la boca! —le pide Arturita; habla sobre lo bajo y mira para todos lados, avergonzada de que alguien lo escuche—. En este pueblo nadie tiene que enterarse de nuestro pasado. Lo que tiene que hacer es ponerse a pensar en alguna propuesta de tradición local para ver si Segundo nos deja tranquilos.

Urbino se incorpora a la conversación. Se le ve satisfecho. Deja en algún lugar el libro y la libreta. Mientras habla, ayuda a Arturita. Pipo, sigiloso, toma el libro, pero descubre que está escrito en ruso. Mira con odio enfermizo a Urbino, quien está tan entusiasmado y ocupado que no lo percibe.

—Ya tengo la propuesta con toda la argumentación —le dice a Arturita cariñoso—. No se me disguste si mi idea le gana al boniatillo suyo.

Arturita se muestra curiosa por saber. Pipo trata de coger la libreta de apuntes, pero Urbino se le adelanta y se la da a Arturita, que lee sorprendida.

—No se lo puede comentar a nadie —le advierte Urbino refiriéndose a Pipo—. Hay pitirre en el alambre.

Varias personas esperan ser atendidas en la recepción de la dirección comunitaria: Urbino, Arturita, Los Jimaguas, Sico, Pipo… Paco está en el puesto de recepcionista. Todos traen alguna propuesta. Pipo tiene un hacha, Arturita una fuente con turrones.

Sico, con los ojos muy abiertos, no deja de mirar a Los Jimaguas, que se mantienen congelados como en una foto. Después de sacudir la cabeza para quitarse la imagen, le habla a Urbino por lo bajito:

—Yo creo que alguien me le ha echado algo al refresco…, estoy viendo doble.

—No, Sico, no —le aclara Urbino, al darse cuenta del porqué del comentario—. Es que son jimaguas. Al principio, a todos nos pasó lo mismo, porque son igualitos.

Sico los mira de nuevo.

—Sí, como dos gotas de refresco. ¿Y cómo usted hace para diferenciarlos?

—Por los movimientos —le aclara Urbino.

Sico se vuelve para mirarlos. Los Jimaguas, con perfecto sincronismo, hacen los mismos movimientos: cruzan los pies, miran para el mismo lado, se rascan… Sico mira a los demás, pero, al parecer, para todos es algo natural. Entonces les quita la vista.

El Primero y Segundo escuchan a Marcia y a Flor, que hablan al mismo tiempo, tratando de hacer valer su iniciativa. No se les entiende nada. Después de hacerles una señal, propia de las que se les hacen a los perros, Segundo logra silenciarlas.

—¿Ustedes lo que quieren decir es que establezcamos las peleas de perros como una tradición de la comunidad? —pregunta Segundo y ellas niegan—. Entonces, hagan un esfuerzo como si fueran personas y hablen: una primero y otra después. Empecemos por la más vieja.

Ninguna quiere hablar.

—Empiece usted, Florecita —ordena El Primero.

—Yo propongo que establezcamos el Día del Desprejuicio a la Desnudez, para andar en armonía con la naturaleza —dice Flor, mirando a Segundo lujuriosa—, dejándonos mirar por quien nos pretenda, sin el tabú de que somos casados o no. Claro, si alguien se sobrepasa, se le aplicarían las medidas pertinentes, porque es solo una cuestión cultural, que nos hace más abiertos. Eso yo lo vi en una película.

—Y ese día que se supone andemos desnudos, ¿adónde la metemos a usted para que la comunidad no pase el mal rato de verla? —le pregunta Segundo sarcástico—. Por favor, retírese.

Flor sale de la oficina, contrariada.

—¡Qué depravación! —comenta Marcia venenosa—. Esa vieja parece que no tiene ningún tipo de cultura. Yo en el circo evitaba salir a escena ligera de ropas, porque, como quiera que sea, somos una sociedad muy machista, y entonces los hombres, cuando me veían, se volvían como fieras.

—No tenemos todo el día, Maraña —dice El Primero.

—¡Marcia! —le aclara ella.

—Eso mismo. ¿Cuál es su propuesta?

—Como soy descendiente de españoles, bueno, ¿quién no?, pienso que no estaría mal tropicalizar la tradición de las corridas de toros, que tanto gusta allá en España.

El Primero y Segundo cruzan miradas.

—Después que la señora se baje de Iberia —dice Segundo burlón poniéndose de pie—, me avisa. Voy a averiguar cuántas tonterías quedan allá afuera por entrar.

—De paso averigüe qué pasa que mi mucha-cha, digo, mi chofer, no ha venido —le dice El Primero a Segundo antes de salir.

Segundo sale y El Primero le habla a Marcia.

—Esa propuesta no lo podemos aplicar, com-pañera Migraña.

—¡Marcia! —aclara.

—Anjá —rectifica El Primero—. Es que nuestra gente es muy sensible con los toros.

—No importa —insiste Marcia—, puede inno-varse la iniciativa…, hacerlo con una vaca. Mi di-funto padre fue un gran torero en Pamplona. Dicen que donde ponía el ojo ponía el cuchillo. Después vino para acá, pero… perdió la vista, parece que por el clima.

—Así es —apoya El Primero invitándola a salir—, nuestro clima no está apto para toreros. Muchas gracias, Lasaña.

—Marcia, chico, ¿cuántas veces voy a repetír-telo? —dice Marcia saliendo de la oficina.

Entra Pipo Pérez.

En la recepción, Segundo le pone una multa a Arturita. Los que esperan, comen turrones.

—Segundo —aclara Paco—, ella no está vendiendo. Los trajo porque esa es su propuesta de tradición.

—¿Usted es la mamá de la negociante? —le pregunta Segundo.

—No —responde Paco—. Yo, y todos los que estamos aquí, lo que quisimos fue probar.

—Yo también estoy probando cómo le aplicaré las multas cada vez que vea esta tradición en la calle. Si no está de acuerdo, que reclame.

—Claro que no estamos de acuerdo. ¿Dónde se reclama? —pregunta Paco.

—Con el jefe de inspectores, que en este caso soy yo —concluye Segundo y prosigue hablándole a todos—. Voy a aclararles para agilizar, porque no quiero que me agarre el fin de año en esto. Esta comunidad, por ser de nueva creación, no tiene ninguna tradición cultural. La idea es que ustedes la inventen para echarla a andar mañana, porque pasado mañana El Primero tiene que llevarse una prueba documental de cómo se hace, para presentarla en el chequeo nacional de tradiciones culturales comunitarias. Tiene que ser algo impactante, sensacional.

Mientras da la información, Segundo toma un turrón y lo saborea.

—¿Le gusta el turrón, verdad? —le dice Paco para fastidiar.

—No está mal —responde Segundo—, pero usted no pretenderá que El Primero se vaya para la reunión con el carro cargado de turrones.

Trata de irse y Urbino se le interpone.

—Mi propuesta pudiera filmarse, porque incluye a todos los entes sociales.

Llega La Muchacha. Segundo se queda pasmado mirándola y deja a Urbino plantado.

—¡Ay, Segundo, qué tragedia la mía! —dice La Muchacha—. Cuando venía para acá, me doy cuenta por el retrovisor de que a unos metros atrás de mí un pajarito quería volar, pero era tan chiquitico que no podía.

Todos empiezan a reunirse alrededor de La Muchacha. Arturita aparta a Urbino.

Mientras Pipo se acomoda y empieza a hablar, El Primero abre una nevera y saca dos jugos. Comienza a beberse uno, y el otro lo pone alejado del alcance de Pipo, que tuvo intenciones de cogerlo.

—Deben tenerlo loco proponiéndole sandeces —comenta Pipo, y El Primero asiente—. Es que la gente como que no se ubica en tiempo y espacio. Y seguro no faltarán los que quieran traer ideas de afuera.

—¿Cuál es la suya? —le dice El Primero cortante.

—Lo mío es muy de aquí, y puedo argumentárselo en pocas palabras —dice Pipo—. Corría el año 1492 y estas tierras estaban llenas de frutales silvestres…

—Sí, y vinieron los españoles y talaron los árboles… ¡Por favor!

—Quiero decir —prosigue Pipo— que sin necesidad de fertilizantes ni de regadíos ni de injertos y nuevas variedades y control fitosanitario, ni planes y contraplanes, aquí los nativos tenían todas las frutas que querían. ¿Sabe por qué?: porque hacían sacrificios.

—Eso es lo que queremos, que la gente tenga espíritu de sacrificio —lo apoya El Primero.

—Usted no me ha entendido —aclara Pipo—. Nuestros antepasados de antes hacían sacrificios y se los ofrendaban a las deidades. Esa es la tradición que tenemos que rescatar. Cuando entre la luna cuarto menguante podemos sacrificar a Urbino y ofrecérselo a los dioses, para que a los frutales no les caiga ninguna plaga. ¡Porque Urbino es una plaga!

Pipo levanta el hacha. El Primero, asustado, agarra el teléfono y empieza a marcar.

Todos lloran con la historia de La Muchacha, incluso Arturita, que se ha acercado al grupo y no le queda ningún turrón. La Muchacha come turrones.

—Hasta que, parece que con el calorcito del tubo de escape, el pajarito se recuperó y salió volando entre las plantaciones de mamoncillos —termina.

—¿Alguien tiene alguna queja por el gasto de combustible que hizo ella? —le pregunta Segundo a los presentes.

Todos niegan. Segundo le pone el brazo en el hombro a La Muchacha y la conmina a ir para la oficina. Urbino aprovecha y los sigue, trata de ser escuchado.

—Mi propuesta está basada en un programa de tolerancia ciudadana, a partir de un cambio de roles entre los habitantes —les explica.

Entran a la oficina.

El Primero y Segundo organizan, sin prestarle atención a Urbino, el desorden que evidentemente dejó Pipo.

—Yo estoy seguro —le dice Urbino a La Muchacha— de que si al menos por un día las personas se vieran en el papel de los demás, eso ayudaría a que nos entendiéramos, incluso a que se generaran nuevas iniciativas, porque cada cual haría las cosas tal y como cree que pudiera ser mejor.

—A mí me parece una idea genial —dice La Muchacha—. Sería divertidísimo. ¿Verdad, El Primero?

El Primero y Segundo se incorporan sumisos a la conversación.

—Claro, claro —apoya El Primero—. ¿Verdad, Segundo?

—Sí —responde Segundo—, es la mejor propuesta que hemos oído. Pero siga, Urbinito.

—Imagínese que a ella —señala a La Muchacha— le corresponda por un día cumplir el rol de… Arturita —dice Urbino entusiasmado—. Y a uno de ustedes el rol mío.

Segundo y El Primero se abstraen ante la posibilidad. Imaginan escenas románticas de ellos disfrazados de Urbino, y La Muchacha de Arturita.

—Y así, durante todo un día —le escucha decir El Primero a Urbino cuando se le van las imágenes del pensamiento—. Después volvemos a la realidad, pero todos habremos experimentado y, en definitiva, aprendido algo.

El Primero repara en que Segundo todavía está extasiado mirando a La Muchacha.

—Segundo —le ordena—, ¿qué espera? Vaya y comunique la propuesta de Urbino y mía a todos los efectos para que de forma obligatoria se aplique desde ahora.

—Perdone —se opone Urbino—. Tiene que ser mañana, para que el día empiece como si todos fuéramos otros. Esa es la regla. Y los roles se obtienen por un sorteo, para que no haya ventajas de unos sobre otros.

—Claro, El Primero —dice La Muchacha melosa—, si no todos quisieran hacer de usted, que es la persona más importante. O de Segundo…

El Primero y Segundo están felices.

Todos están con los roles intercambiados. El Primero, algo disgustado, viste de Mario; Marcia hace de Flor y le tiene el brazo agarrado. Segundo como Urbino, al lado de Flor, disfrazada de Arturita. Pipo hace de Sico arriba del carretón. Paco viste de Pipo, Mario de Paco. Arturita como Marcia, al lado de Los Jimaguas, que solo están invertidos entre ellos mismos. Sico es ahora El Primero, y Urbino Segundo. La Muchacha es la única que mantiene su condición.

—Jefe —le dice La Muchacha a Urbino—, ya estoy lista para filmar las escenas.

—¡Arriba! —ordena Urbino—. Cada cual a lo que le toca, que yo no pienso jubilarme vestido de mamarracho. Ah, y cuidadito con hacerse los graciosos, que este video va para el nivel central.

—¿Y ella no va a disfrazarse? —le pregunta Segundo a Urbino, refiriéndose a La Muchacha.

—¿Usted es la mamá de La Muchacha? —lo interpela Urbino y Segundo niega—. Entonces, cumpla con su papel y cállese.

—Adelante, mis muchachos —dice Sico haciendo de El Primero—. ¡Que no se diga!

Todos emprenden la retirada, mientras La Muchacha los filma.

Paco está recostado a un taburete, al estilo de Pipo.

—¡Arturita!, prepare la cama y el mosquitero, que ya es hora de dormir.

—Pipo —dice Flor haciendo de Arturita—, pero si son las seis de la tarde…

«Ahora yo no sé si regañarla o salir a llevar los mensajes», piensa Paco.

—¿Y no me va a decir algo del Mulato de los Iznaga, y de Urbino?—pregunta Flor.

—Ah, sí —repara Paco en que es Pipo—. Bueno, vaya y dígale al Mulato de los Iznaga que venga, para que me diga adónde dejó a Urbino, que no lo encontramos. Y que me perdone por quitarle la mujer.

Segundo, vestido de Urbino, arregla un bache, todo sudado. Por al lado le pasan dos tipos encapuchados con un trapeador en la mano, lo miran y siguen de largo.

El Primero, como Mario, le habla romántico a Marcia, vestida de Flor.

—Yo sé que eres una bandolera, pero te amo.

—Entonces, llévame al restaurante Las Tres Mordidas —dice Marcia descarada—, y después a la discoteca. Anda, Machi.

—Que no, Calaña —dice El Primero como El Primero—, no se aproveche de la situación. Yo no salgo de aquí hasta que no termine el día.

Arturita, interpretando a Marcia, camina apresurada y Los Jimaguas la siguen. Mientras hablan, pasa Pipo en el carretón haciendo de Sico, transportando a los encapuchados con el trapeador.

—¡Ya les dije que no! —les dice Arturita a Los Jimaguas—. Tienen que ir los dos juntos a hacerse la extracción de sangre. Ustedes se parecen demasiado. Si no, el médico va a creer que le estoy haciendo trampas para coger doble dieta de pescado.

—Si la cosa es así, como ustedes dicen —le dice Pipo a los encapuchados, bebiendo refresco—, no se preocupen. Yo los llevo directico a ver a la persona indicada. Menos mal que dieron conmigo, porque hoy aquí en La Fortuna no son todos los que están ni están todos los que son.

La Muchacha, cámara en mano frente a Sico, que hace de El Primero. Urbino, como Segundo, a un lado. Mario como Paco, de pie, esperando una orden.

—Misión cumplida —le dice La Muchacha a Sico entregándole la cámara—. No se me quedó nadie sin grabar. Mañana, cuando todo vuelva a la normalidad, vamos a divertirnos muchísimo.

—Se divertirán ustedes —dice Sico, y le entrega la cámara a Mario, que se pone a revisar las imágenes—, porque yo, después de haber sido El Primero, tengo que volver al carretón.

—Yo, a decir verdad —comenta Urbino—, con haberle mentado la madre a Segundo me siento satisfecho. Aunque me hubiera gustado ponerle una multa a Pipo.

—Hablando de Pipo —dice Mario y señala para la cámara—, ¿quiénes son estos encapuchados?

Todos miran, y después miran a La Muchacha.

—Ah, yo no sé, mi trabajo, como se acordó, era filmar, para que quedara constancia documental de la tradición, no averiguar —dice ella y se va.

—No se preocupen —los calma Urbino—, esos deben ser de algún pueblo vecino. Se enteraron y vinieron a coger experiencia.

—No —dice Mario convencido—. Ustedes saben que de La Fortuna ni se sale ni se entra sin mi consentimiento. Voy a verificar eso.

Intenta salir.

¡Usted no va a ningún lado! —lo detiene Sico autoritario—. Lo decido yo, que todavía soy El Primero.

254

—Hágase idea de que se le olvidó lo que pensaba hacer, Mario —le dice Urbino entre risas—. En un final, usted ahora es Paco.

Mario se queda serio. Los demás ríen.

Entra Pipo con una sonrisita descarada haciendo como Sico, pero sobreactuado.

—¡Como me gusta a mí el refresco! —comenta, y luego le habla a Urbino, más sobreactuado, como para ser oído por los otros—. Compañero Segundo, necesito hablar con usted.

—Salga y toque a la puerta —le ordena Urbino, vengativo, para fastidiarlo—. En esta oficina hay reglas que cumplir.

Pipo le acepta el juego. Sale y toca.

—¿Quién es? —pregunta Urbino.

—Soy yo, Sico —dice Pipo desde afuera.

—Pase —autoriza Urbino y Pipo entra—. Sea breve, que estamos reunidos.

—Claro, compañero Segundo —acepta Pipo y luego habla hacia la puerta—. ¡Pasen, muchachos!

Entran los dos encapuchados, trapeador en mano. Pipo les señala para Urbino. Los dos encapuchados agarran a Urbino y se lo llevan. Pipo se queda riendo.

—¡Cóbrensela bien caro —les grita Pipo a los encapuchados—,hasta que se acuerde de lo que le hizo a su hermana!

—¿Y esos quiénes son? —pregunta Mario.

—Los hermanos de Violeta, una trabajadora del taller Rosca Izquierda, a la que Segundo le puso una multa por un faltante de colchas de trapear.

255

—Pero ¿van a matarlo por una multa? —pregunta Sico asustado.

—No, falso El Primero —responde Pipo—, es solo un pequeño escarmiento. Ellos le prometieron a la pobre hermanita que buscarían a Segundo y le machacarían la mano de escribir con un trapeador, una tradición que, según dicen, les viene de la familia. A la verdad que Urbino, ni dejando de ser él, se salva. Se mete en cada rollo por pamplinoso…

VII

Acostados en su cama, Arturita le da fricciones en la espalda a Urbino.

—Mire eso, Urbinito. ¡Usted tiene esa espalda en carne viva! No sé cómo quiere que yo le crea que eso fue trabajando y no revolcado con una mujerzuela por ahí —irónica—, porque, además, usted es el que más trabaja en el pueblo. Llega a la casa a la hora de dormir.

—Le dije que fue trabajando. Cuando el desgraciado de Segundo inventó lo de cargar a El Primero en la espalda para ahorrar combustible... Lo hizo por la envidia y por la rabia que me tiene, porque a mí se me ocurren buenas ideas, y soy un muchacho activo, y un muchacho...

—¿Un muchacho? Si le siguen poniendo esos trabajos, ahorita es un trapo. ¡Mira como está! Algo usted le habrá hecho a ese hombre para que le tenga tan mala voluntad.

—Le he caído mal de gratis, Arturita. Y después de aquella vez que me cambió para otro pueblo y me devolvieron para acá, ha incrementado el odio hacia mí. A lo mejor Pipo Pérez le ha metido ideas erróneas en la cabeza.

Se escucha a Pipo en el otro cuarto tosiendo: una manera de advertirlos que está escuchando.

—Urbinito, no meta a Pipo en esto. Usted sabe lo que él lo aprecia. La solución es buscar la manera de que Segundo no se meta más con usted.

—Yo he estado pensando que si al menos le supiéramos algo, o si descubriéramos que está metido en algún negocio, podíamos mantenerlo neutralizado...

—Pues mire, yo lo voy a ayudar a usted en eso, y le aseguro que alguna cosa voy a descubrir, porque, según dice el refrán, detrás de un extremista siempre hay un oportunista. Mañana, cuando usted y yo volvamos a encontrarnos a la hora de dormir, le cuento.

—A esos extranjeros hay que atenderlos y recibirlos por todo lo alto —le comenta El Primero a Segundo—. Yo tenía una idea buenísima, pero el presupuesto no alcanza. Había pensado, para un recibimiento por todo lo alto, construir, en la loma del mamoncillo, una estatua igual a la del Cristo que hay en Brasil, con los brazos abiertos. Así —abre los brazos—, para que se sientan como en su propia casa.

—¿Usted sabe cuánto mide la estatua esa que hay en Brasil? —dice Segundo—. Posiblemente, si nosotros gastamos el dinero de la empresa en eso, en vez de estar con los brazos así, abiertos, nos los pongan así, esposados. Esos extranjeros vienen a invertir aquí en el pueblo, no a hacer turismo. ¿Ya se esclareció cuál es el negocio que quieren hacer?

—Sí, ellos se enteraron de que la principal línea de producción de este pueblo es el jugo, y pretenden hacer una inversión de tecnología en la despulpadora, para implantar la línea de jugo de maracuyá. Debemos estar presentables ante esa gente, compañero Segundo. Ya Decoroso me aprobó el presupuesto para el módulo de presencia física de nosotros.

—¿Valoraron el pedido hecho por mí? —pregunta Segundo.

—Sí. ¡Y después usted me acusa de quisquilloso! Ya mandé a comprar las telas para hacerle a usted su nueva camisa roja y un traje para mí.

—Ahora viene el problema fundamental —comenta Segundo—: ¿habrá alguien en este pueblo que sepa coser para que nos haga la ropa esa?

—Alguien aparecerá —asegura El Primero—, aquí o en otro lugar, pero…

—No, no, tiene que ser de aquí —lo interrumpe Segundo—. Nosotros no podemos mandar a hacer la ropa fuera del pueblo, después la gente anda comentando que las cosas que usamos son de afuera. No podemos caer en eso, compañero El Primero, hay que evitar las malas interpretaciones.

—Bueno, Segundo, averigüe qué persona con las condiciones personales, la moral y el requerido espíritu aguerrido puede hacernos esa ropa sin que se forme ningún comentario, y todo dentro del ámbito legal. Dejo eso en sus manos.

—En fin, compañera —le dice Segundo a Marcia—, ¿tiene o no tiene título de costurera? Porque esto es una cuestión oficial, y no puede haber ninguna ilegalidad.

—Lo que pasa es que...

Marcia trata de acercarse un poco para decirle algo. Segundo la evita.

—No me hable en secreto, compañera. Pudieran pensar que estamos en alguna ilegalidad. Háblame alto.

—Yo sí tenía mi título de costurera —asegura Marcia—. Yo era la que cosía toda la ropa del circo donde trabajábamos, pero un día le hice un vestidito al cocodrilo, y se acomplejó, y me comió el título.

—Bueno, procure que todo salga bien, porque aquí a quien nos vamos a comer va a ser a usted si echa a perder una tela —le advierte Segundo.

—No se preocupe. Usted está hablando con una profesional de la costura. Ay, ahora que mencionó la palabra profesionalidad: ¿cuándo vamos a hacer el contrato?, porque me hace falta el dinerito.

—No se desespere, compañera, todo en la vida no puede ser dinero. Yo voy a hacerle el contrato, pero no puede estar divulgándolo por ahí, porque ahora no estamos contratando a nadie.

—Oiga, nadie en este pueblo va a enterarse de las razones por las que vengo a este lugar. Yo soy una persona muy fina y no me gustan los comentarios ni los escándalos...Vamos a tomarle las medidas.

Paco habla por teléfono. Llega Arturita.

—No, Mario, los extranjeros no son de Brasil, tú estás desorientado. Yo escuché que son del gigante sudamericano. Ah, ¿sí? ¡Ay, Dios mío!, el que está perdido soy yo. ¿Vendrá aquella muchacha bonita que trabajaba en la novela? ¡Que son gente de negocio la que viene..! Por eso se lo digo. Aquella muchacha tenía un negocio en la novela. Sí, ella metía a los hombres en…

—Buenos días, compañero —dice Arturita.

—Espérate, Mario, después te llamo, hay una gente interrumpiendo aquí —dice Paco y cuelga—. Compañera, ¿usted no ve que yo no soy el recepcionista? Yo soy el mensajero. Si no viene a traer ningún mensaje, ¿por qué interrumpe?

—Sí, yo sé que usted es el mensajero —responde Arturita—. Ha ido a mi casa a llevarle recados de la empresa a mi marido. ¿No se acuerda que una vez le hice un poquito de café?

—Ah, sí, usted es la que vende café —trata de recordar Paco—. Espérese, aquí hay un recado para usted —lee en un papel—. Dice Segundo que se presente urgente con la patente actualizada y el dinero en efectivo para una multa.

—No. Usted está confundido —le aclara Arturita—. La que vende café es la muchacha que vive al lado de mi casa. Dígame, Paco, ¿el compañero Segundo está?

—A usted puedo decírselo porque es de confianza —dice Paco—: él me dijo que dijera que no está, pero lleva como una hora allá adentro con… la mamá de Los Jimaguas. Pero no puedo dejarla pasar para allá porque Segundo es capaz de botarme, y si yo pierdo esta plaza de recepcionista corro el riesgo de que me pongan de mensajero.

—No, no importa, espero a que él termine. ¿Puedo pasar al baño?

—Sí, pase —le dice, mientras le da la espalda y se dispone a hablar por teléfono—. Mario…, pues sí, como te iba diciendo: le echas tres dientes de ajo, dos cucharadas de sal…

Arturita llega hasta la puerta de la oficina de Segundo. La abre con cuidado y se asoma sigilosamente. En el interior de la oficina ve a Segundo de espaldas, y, parada detrás de él, a Marcia, que le mide los hombros y dan la impresión de que lo manosea. Arturita cierra y se va muy alegre, cree haber descubierto algo interesante.

Marcia termina de tomarle las medidas a Segundo.

—Ya. Mañana mismo le traigo su camisa para que se la pruebe —dice Marcia—. Yo trabajo rápido. Cuando hice la ropa del majá en el circo no me llevó tanto tiempo, y las medidas de usted son más o menos las mismas —Segundo la mira amenazante—. Bueno, lo dejo, ahora voy a tomarle las medidas a El Primero…, y con ese sí hay que tomar medidas, porque…, con permiso…

Urbino tiene los pies metidos en una palangana de agua con hojas. Arturita, acostada, le habla.

—¡Así como se lo cuento, Urbinito! Parece que él y la Marcia esa están juntos, porque ella lo estaba toqueteando, y él muy tranquilo.

—Bueno, Arturita, pero eso no es un elemento que yo pueda usar en su contra. Tener relaciones de pareja todavía no está prohibido en este pueblo.

—Usted tiene razón, cualquiera puede tener relaciones. Pero un jefe no puede usar el centro de trabajo para esas manifestaciones, y es ahí donde está el fallo de Segundo. Además, ¿usted ha visto los hijos de Marcia, Los Jimaguas esos? Hay uno idéntico a Segundo. ¿Y si es hijo de él? ¿Y si ellos se conocen desde hace tiempo y él está negando al hijo? Eso es una inmoralidad en un dirigente tan recto como él.

—Bueno, ahí usted sí tiene razón —acepta Urbino—. Eso de negar los hijos es muy serio. Uno de los problemas que se dio en Moldavia fue que empezaron a olvidarse de sus hijos.

—Yo creo que usted debe seguirlo —dice Arturita, tramando, sin escuchar a Urbino—, a ver si lo sorprende con la mujer esa y se lo dice a El Primero.

—Arturita, ¿y si uno de Los Jimaguas es hijo de Segundo, de quién será el otro? —se cuestiona Urbino—. Esa mujer es la candela. A lo mejor es hijo de alguien que trabajaba en el circo.

—Será del león, porque con esa cara que ella tiene, cualquiera no le hace caso —comenta Arturita y se queda mirando a los pies de Urbino—. Urbinito, cuídese las manos, que los pies y la espalda ya los perdió.

Va Marcia va por la calle con una jaba y Urbino la sigue sin dejarse ver, hasta que finalmente entra a la empresa.

—¿Ya le llevó la ropa a El Primero? —le pregunta Segundo a Marcia.

—No, cuando termine de probársela a usted, voy para la oficina de él. Aquí, en confianza, dígale que baje un poco de peso, porque tuve que empatar dos metros de tela más para la camisa. Me hizo recordar cuando le hice la capa al elefante.

—¿Quién le dio esa confianza a usted para estar comparando a los dirigentes de esta empresa con animales del circo, compañera? —la recrimina Segundo.

—Ay, perdón, es que yo soy muy bromista. Yo de vez en cuando hacía de payasa en el circo.

—Está bien, pero con la empresa se deja de payasadas. Usted es una persona de palabra, dijo que trabajaba rápido y lo cumplió.

—Yo terminé de coser la ropa a las tres de la mañana y estaba loca por que amaneciera para venir a traerlas —le entrega la camisa—. Mire, pruébesela para ver si hay que ajustarle algo.

Se vira de espaldas a Segundo, que comienza a desabotonarse la camisa.

Paco, después de colocar un cartelito con el anuncio: «Por favor no moleste, que estamos reunidos. Firmado, Paco», duerme con los pies encima del buró. Llega Urbino, lo mira, y sin molestarlo sigue sigiloso hacia la puerta de la oficina de

Segundo. Abre, y ve a Segundo sin camisa, y Marcia tapándose la cara. Cierra la puerta asustado y sale de la empresa aprisa.

Urbino camina rápido y con los ojos muy abiertos. Habla consigo mismo: «Mira a dónde ha llegado el descaro de Segundo… Ahora sí lo tengo en mis manos. Arturita tenía razón. Pero si no se lo cuento a El Primero para que los sorprenda en esa indisciplina, no tengo pruebas, y es la palabra de él contra la mía». Vira y emprende camino hacia la empresa. «El Primero va a sancionarlo, lo sé, porque él se ve que es un hombre correcto, que escucha a sus trabajadores. Como yo me erizo cuando dice que, si nosotros caemos heridos, él cae muerto. ¿Estará vivo en estos momentos?, porque con las heridas que tengo en la espalda y los pies, es para que ya haya caído».

Paco está dormido con los pies encima del buró y otro cartelito: «Todavía estamos reunidos. Firmado, Paco». Llega Urbino, no lo mira y sigue directo hacia la puerta de la oficina de El Primero, abre y ve a Marcia ayudándolo a ponerse el saco del traje. Urbino se queda turbado.

—¿Qué pasa, compañero, usted no sabe que antes de entrar a un lugar tiene que tocar? —lo requiere El Primero.

—Disculpe, compañero El Primero, pero no sabía que usted también estaba en esto —le dice Urbino—, aunque usted debe estar engañado. Escuche lo que voy a decirle, que yo puedo ser como su hijo: no le siga el juego a esta mujer. Ahorita

265

la vi en la oficina de Segundo desnudándose, y ahora veo que lo quiere engatusar a usted.

—¿Qué usted habla, Urbino? —pregunta El Primero sin entender.

—Espérese un momento, compañero El Primero —reacciona Marcia—: si quiere se tapa los oídos, porque yo soy muy profesional, pero cuando me buscan, guardo el título en la jaba y me planto. ¿Cuál es el encarne tuyo? ¿Qué tú insinúas, medio metro? ¿Cuándo tú me has visto a mí desnudándome en algún lugar?

—No se ponga así, Marcia —la calma El Primero—, debe ser un malentendido. Explíquese, Urbino.

—Que no explique nada —prosigue Marcia—. Me lo como vivo. Yo sí he vivido entre fieras y no entiendo. No me quiero desgraciar, porque yo tengo dos hijos varones, ¡que si se enteran de esto..!

Urbino está asustado, se da cuenta de la metida de pata y se va corriendo.

Mario, sentado en el puesto de mando, toma notas. Frente a él, Marcia y Segundo hacen la denuncia.

—¿A qué hora ocurrieron los hechos? —pregunta Mario en tono detectivesco.

—Eso fue ayer por la mañana —responde Marcia.

—¿Esas manifestaciones en contra de su moral las formuló ante tercera persona? —vuelve a preguntar Mario en el mismo tono.

—Tercera persona no —aclara Marcia—, éramos dos personas los que estábamos allí: El Primero y yo. Y gracias que él me aguantó, porque me hubiera desgraciado.

—¿Pudieron verle la cara al acusado? —pregunta Mario.

—Mayor, deje la bobería y el cantadito ese —aclara Segundo—, que ya le dijimos que fue Urbino. Póngase ahora mismo en función de capturarlo. Y cuando lo encuentre me lo lleva directo a la oficina.

—Bien —dice Mario—. Estando todos los datos de la denuncia, procedo a radicar expediente por calumnia.

—Venga acá, compañero, ¿cuánto meten por la calumnia esa? —pregunta Marcia.

—Tratándose de Urbino —responde Mario—, donde primero lo meten es en el calabozo, después veremos.

—Eso es si lo encuentran —comenta Marcia—. ¿En qué lugar estará ese hombre a estas horas?

—Y por si acaso —agrega Segundo—, ponga también salida ilegal del pueblo.

—Óigame, Segundo —dice Marcia—, con todo el cariño y el respeto que se merece, usted me prometió que iba a hacerme un contrato de costurera y no me lo ha hecho.

—Y usted me aseguró que no era una persona escandalosa ni conflictiva y mira dónde estamos metidos: en la policía haciendo una denuncia —le responde Segundo.

Los Jimaguas tienen a Urbino amarrado a un árbol.

—Oigan, Los Jimaguas —implora Urbino—, ya les pedí perdón y les dije que fue un error de mi parte pensar mal de la madre de ustedes. No se tomen la justicia por sus manos. Hablando de manos, ¿pudieran aflojármelas un poquito? Es la única parte del cuerpo que me queda sana.

Los Jimaguas emprenden a caminar. Dejan a Urbino gritando. No lo miran.

—¿Qué tú crees, Otro —pregunta Uno—: lo dejamos ahí o le hacemos lo que le hicimos una vez en el circo a la hiena cuando pensábamos que se reía de mamá?

—No sé, ¿qué tú crees?

VIII

Frente a la dirección comunitaria hay una fila de muchas personas, entre ellas Pipo Pérez, Flor y Fernández.

—Óigame, Pipo Pérez, yo no veo que esto avanza —dice Fernández.

—¿Usted está ciego o tiene los ojos tapados? —responde Pipo—. ¿No ve que ya han entrado cinco y todos han salido con sus patentes?

—Es lo nunca visto. Pensé que en este pueblo el único que tenía alma de empresario era yo —reitera Fernández—. Dijeron que iban a dar patentes para que la gente montara su negocio, y mira cómo está la cola.

—¿Quedará alguien en el pueblo que haga el papel de cliente? —comenta Flor sarcástica—, porque ahora todo el mundo es negociante.

—Es verdad lo que dice la compañera —apoya Pipo con ironía—, ahora cualquier culifina es empresaria.

—Esta comunidad ha venido a darle oportunidades a la gente, Pipo —dice Fernández—, eso hay que aprovecharlo.

—Fernández, ¿y usted qué negocio va a montar? —ríe burlón Pipo—. Me imagino que será de oculista, porque usted tiene una sicosis con eso de que hay cosas que ve y otras que no ve.

—No, lo mío es una sorpresa —le aclara Fernández sobre lo bajito—. No puedo decírselo aquí, porque mira como tengo personal delante en la cola, y son capaces de robarme la idea. Después le explico.

—Aquí todo el mundo sabe que voy a abrir un restaurante en la casa —dice Pipo muy alto—, y nadie puede competir conmigo, porque nadie cocina mejor que Arturita.

—Pipo, ¿y para la patente de restaurante no tiene que venir el dueño de la casa a dar su aprobación? —pregunta Flor venenosa—. No veo a su yerno Urbino por aquí.

—Eh… ¡No estén colándose ahí, vamos a respetar la cola, que aquí hay un hombre enfermo! —dice Pipo ignorando la indirecta de Flor—. Pena debía darles ver a un incapacitado haciendo cola y no pasarlo delante.

—¿Quedarán patentes para cuidar viejitos inútiles? —comenta Flor, y Pipo la mira atravesado.

Se asoma a la puerta Segundo y les habla:

—Buenos días. Atiendan acá los compañeros que han venido a solicitar patentes: les aclaro por tercera vez, para que no se embullen: estas patentes se están dando porque vienen unos brasileños a hacer negocio en el pueblo, y queremos que vean el movimiento y la prosperidad que hay aquí, pero la patente es válida mientras ellos estén en el pueblo. Apenas se vayan, se acabó el relajito. ¡Que pase el próximo! —Pasa alguien de la cola. Segundo entra. Llega Mario y le da un besito a Flor.

—Vamos a ver —le dice en forma arbitraria Mario a los presentes—. Me requirieron porque hay tremendo desorden en la cola. Vamos a organizarnos.

Comienza a separar a la gente de la entrada y empuja un poco con el bastón, alineando a los de la fila. En esa confusión hala a Flor y la pasa hacia el interior de la oficina. La gente protesta, comentando que la coló porque es su mujer.

—¡Silencio! —ordena Mario—. La patente que tiene que sacar esa compañera es con carácter urgente, malagradecidos.

Segundo y El Primero revisan y ponen cuños a muchos papeles.

—¿No estaremos autorizando muchas patentes? —le comenta El Primero a Segundo.

—Olvídese de eso. Ya yo les dije que con la misma velocidad que se las estamos dando, se las vamos a quitar cuando se vayan los brasileños.

—Segundo, aparte de la hormiguita, ¿qué otro animal será típico de Brasil?

—No estará pensando volver con el asunto de los poemas en esta temporada, ¿eh? —pregunta Segundo preocupado.

— Usted le corta la inspiración a cualquiera. Vamos a hablar de trabajo, que es en lo único que usted piensa. Debemos arreglar las calles, para evitar que un compañero extranjero no se nos pierda en un bache.

—Eso está garantizado, Urbino se comprometió que él solo va a rellenar toda la carretera hasta la despulpadora, y desde ayer está trabajando en eso sin descanso.

—Segundo, a mí me parece que ese muchacho es trabajador. ¿Por qué usted no le saca un poco el pie? —propone El Primero.

—Sí, ya dos o tres gentes han venido a interceder por él. Si me cumple con este trabajo y los extranjeros no tienen queja, a lo mejor se limpia conmigo y hasta le doy un diploma.

Fernández y Pipo caminan hacia sus casas. Fernández lee el documento de autorización que le dieron. Pipo no lleva documento alguno.

—Segundo lo dudó un poquito —comenta Fernández contento—, pero El Primero le dijo: «Ese hombre se ve que le complace complacer, dale la aprobación», y mire, ya tengo mi negocito de baño público, esto va a llegar lejos.

—La competencia fuerte usted la tendrá con el monte —le dice Pipo entre risas—, porque la gente no va a estar gastando dinero en eso. Si a duras penas les alcanza para comer, imagínese para cagar.

—¿Y a usted le aprobaron por fin la patente del restaurante? —lo corta Fernández molesto—, porque no vi que saliera con algún papel, y yo sí veo clarito.

—Pues sí, Fernández —dice Pipo a modo de evitar enfrentamiento—. Si quiere puede montar su negocio cerca del mío. Le autorizo un área de mi terreno. Lo que tiene que pagarme es una bobería.

—No está mala la idea —acepta Fernández—, porque así aprovecho el público que va a su restaurante. Creo que usted y yo vamos a hacernos ricos a costa de los brasileños esos.

Urbino no deja de trabajar. Por todas partes se le ve solo, día, tarde y noche, arreglando la carretera con pico y pala.

Hay mucho movimiento en el pueblo, la gente camina entre los negocios: kioscos de gastronomía, parqueos de bicicleta, servicios de arreglos de cualquier cosa… Flor tiene un punto de venta de ropas. A la gente que mira su mercancía, les muestra prendas de vestir, la mayoría con banderas o símbolos alegóricos a Brasil.

—No dejen pasar su oportunidad —les dice Flor a los transeúntes—. En unos minutos llegan los brasileños y qué mejor ropa para recibirlos que esta.

Muestra un pulóver con la insignia de algún equipo de fútbol.

—Miren —prosigue Flor—, este pulóver era el que usaba Leonel Messi cuando desaprobó historia en quinto grado y decidió ser futbolista. Baratico.

Los pobladores miran e intercambian con ella, pero no compran nada.

La sala en casa de Urbino está preparada con mesas y sillas como un restaurante. En la cocina, Arturita, muy atareada, prepara mucha comida. Pipo y Fernández conversan con ella.

—Óigame, Pipo, ¿usted está seguro de que Urbino sabe que pusimos un restaurante en la casa? —pregunta Arturita—. No quiero que después se incomode conmigo porque no le avisé.

—Eso él debe saberlo, Artura —dice Fernández—. Para que le dieran la patente a Pipo, el propietario de la casa tuvo que dar su consentimiento ¿No es así, Pipo Pérez?

—Así mismo —asegura Pipo—, como lo está diciendo Fernández. Incluso, cuando yo fui a llevarle la comida a su marido (por cierto, le llevé un manjar: dos bocaditos con aceite de los que vende Marcia), él me dijo que estaba loco por ver cómo quedó esto.

—Pues mire, yo tengo miedo de que la gente no venga aquí y toda esta comida se quede —comenta Arturita preocupada.

—Oye eso, Fernández, esta niña no conoce al padre que tiene… Mija, el que entrará a los brasileños al pueblo es Sico, y le dimos la instrucción de traerlos directo para acá, antes de llegar a la empresa.

—Sí, Arturita —apoya Fernández—. Yo tengo a Sico contratado en el negocio mío por dos cajas de refresco, y él sabe que no me puede fallar. Esto se le va a poner de gente aquí a usted que yo no voy a tener ojos para verlo.

—Pipo —pregunta Arturita—, ¿y de dónde usted sacó las piernas de chivos para el chilindrón?

—¡Arturita! —grita Pipo—, no preguntes tanto. Yo la contraté a usted como cocinera, no como detective. ¿O usted quiere que le ponga el mosquitero y se le acabe la fiesta ahora mismo?

El Primero y Segundo, muy arreglados, esperan frente a la dirección comunitaria.

—Mira que le dije a Marcia que no quería la camisa tan ancha —se queja Segundo arreglándosela.

—Segundo —pregunta El Primero preocupado—, ¿usted no cree que los brasileños se demoran mucho? Ya debían estar aquí. ¿Se habrá roto el carretón de Sico?

—Es como único lo ahogo en un tanque de refresco. Me aseguró que todo estaba preparado para buscarlos.

El Primero saca un papel y lee entre dientes, como si se aprendiera algo: «Y la hormiguita, subiendo el Pan de Azúcar…». Se percata de que Segundo lo mira y guarda el papel.

Sico llega con los brasileños en su carretón a la casa de Urbino. Muchos de los presentes se aglomeran para verlos.

—Pipo Pérez, ahí los tiene —dice Sico confidencial—. Yo creo que no son brasileños nada, porque hablan raro y no se entiende lo que dicen.

—No sea anormal, Sico, usted no lo entiende porque hablan portugués —le aclara Fernández.

—¡Na! —dice Sico—. Yo veo la novela brasileña y se entiende todo lo que dicen… Mejor me voy a cuidar el negocio de nosotros.

Se va Sico.

—Muito obrigado por la invitasao —dice Llavao y todos se ríen como si hubiera hecho un chiste—. Meu nome es Llavao y aquí presente meu amigu Lindiño.

—Ay, qué desgraciado —dice Pipo riendo—, oye lo que dicen, pero pasen, pasen, que se enfría la cumida.

—Mais eu quer conocer quién es El Primero y cuál es Segundo. ¿Usted es...? —pregunta Lindiño.

—Mira que son jaraneros y pamplinosos —comenta Pipo llevándolos casi a la fuerza para adentro—. Oye lo que dicen, pasen —a la gente que mira—. ¡Arriba!, el que no vino a comer, que se vaya para su casa, partía de guajiros.

Los brasileños pasan y se sientan en una mesa. El resto del restaurante es ocupado también.

—Ave María, Pipo, qué bien hablan esa gente y qué lindos son —comenta Arturita mirándolos desde lejos.

El Primero y Segundo, evidentemente muy preocupados, miran hacia todos lados como esperando que llegue alguien.

—No entiendo nada —comenta Segundo—. Ya he llamado tres veces al nivel central y me dicen que ya debían estar aquí.

—¿No irían directo a la despulpadora? —dice El Primero—. A lo mejor ellos quieren ver si tenemos las condiciones creadas para introducir la línea de jugo de maracuyá.

—No. Yo le dije bien claro a Sico que los trajera para acá.

—Mira, ahí viene Mario, vamos a ver qué averiguó —se alegra El Primero.

—Vengo corriendo —le informa Mario—. Dice el oficial de guardia que ya ellos pasaron por el puesto de mando hace rato, así que en algún lugar del pueblo deben estar.

—Mario —ordena Segundo—, haga un recorrido y encuéntrelos, vivos o muertos.

—Muertos no, Segundo —se preocupa El Primero—.Por favor, que esos compañeros son extranjeros.

Instalados cerca de la casa de Urbino hay dos baños rústicos, uno para damas y otro para caballeros. Sico, sentado a la entrada, plato en mano, cuida el baño. Llega Fernández.

—¿Cómo va el negocio?¿Salimos adelante o no? —pregunta Fernández.

—Veinte centavos, y porque yo oriné —responde Sico mostrando el plato—. Esto no da ni para un refresco. Usted me perdona, jefe, pero va a tener que devolver la patente antes de que se vayan los comilones esos.

—Y Pipo Pérez tiene eso lleno de gente ahí —dice Fernández—. No te preocupes, nosotros también vamos a prosperar. No abandones tu puesto de trabajo. Nos vemos ahorita.

Se va Fernández y Sico se queda pensativo mirando el plato. «Si en este pueblo vendieran más refresco, la gente orinaba más».

En el restaurante, Arturita está parada al lado de la mesa de los brasileños. Pipo, sentado, les hace cortesía mientras comen.

—Muito compracido por tua comida que vosé sirvió —le dice Llavao a Arturita—. Maich nois ten que falar alrededor du negocio du jugo de maracuyá.

—¡Arturita! —ordena Pipo—, dice que le traiga el jugo ya.

Fernández, aprovecha que no hay nadie en la cocina. Echa un polvo en el cubo del refresco y se va rápido. Llega Arturita y comienza a servir vasos de refresco de ese cubo.

Urbino ha terminado de arreglar la carretera y está feliz. Agarra la pala y el pico y comienza a caminar.

—¡Alabao! ¿Y eso que viene ahí qué cosa es? —Sico se levanta de la silla asustado, mira algo que se aproxima.

Los comensales del restaurante vienen corriendo hacia el baño, evidentemente con dolor de barriga. Algunos pagan y entran, otros ni siquiera pagan, quedan algunos en cola. Los brasileños también salen corriendo de casa de Urbino hacia el baño.

—Vamos, apúrense —les dice Sico a los de adentro—, que los extranjeros tienen prioridad.

Los brasileños no aguantan y salen corriendo hacia los matorrales. Pipo los llama desde la casa.

—Jabao y Lindín, vengan, que la niña les preparó una agüita con limón y sal.

En la dirección comunitaria, Mario informa a El Primero y a Segundo.

—Y eso fue todo lo que pasó. Los brasileños se fueron del pueblo corriendo y hay tres ciudadanos deshidratados en el puesto médico.

—Eso no puede ser, compañero —se niega a creer El Primero—, yo no recuerdo haber autorizado ninguna patente para montar un restaurante, y no creo que algunos de mis pobladores hayan hecho algo fuera de la ley.

—¿Cómo qué no puede ser?¿De quién es la casa, no es de Urbino? —dice Segundo—. Ese bichito es capaz de cualquier cosa por mortificarme.

—¿Con qué cara yo le informo esto al nivel central?—se queja El Primero y entra a la oficina.

—Segundo —dice Mario—, mire quién está ahí.

Urbino viene muy contento. Alza los brazos en señal de victoria.

—¿Lo llevo directo para la unidad o se lo entrego vivo?—pregunta Mario.

—Entre, mayor —ordena Segundo—, que usted no puede recibir emociones fuertes. Es mejor que no esté presente.

Mario entra. Segundo se coloca en medio de la calle. Urbino se dirige hacia él feliz, abriendo los brazos. Pareciera una escena de dos pistoleros que van a enfrentarse.

IX

Urbino canta una tonada mientras trabaja en un bache. Pasa La Muchacha. Maneja el auto de El Primero, cargado de personas. Lo saluda cariñosa. A unos metros detiene la marcha, baja y va hacia Urbino.

—¿Le falta mucho? Si quiere, cuando deje a estas personas vengo a buscarlo y lo encamino hasta su casa.

—Gracias —responde Urbino—, pero todavía no he terminado.

Urbino aprovecha para limpiarse el sudor y tomar un breve descanso. El sol abraza. Al echar un vistazo hacia adelante ve que, efectivamente, le quedan algunos huecos por rellenar de la meta que se ha trazado para la jornada. Se le hace incómoda la presencia de La Muchacha con su excesiva belleza mirándolo en silencio.

—No sabía que El Primero había puesto el carro de los trabajadores a recaudar circulante —comenta Urbino sarcástico refiriéndose a los pasajeros.

Ella comprende la ironía y mira para el carro, después a él, pero no le responde. Urbino vuelve a trabajar en el hueco. Ella, sorpresivamente, cae desmayada. Urbino, nervioso, la auxilia. Está asustado, no sabe cómo agarrarla. Al fin se decide y lo hace, ella se aprovecha y lo sostiene.

Desde un extremo de la carretera, Pipo se acerca, y al ver a La Muchacha y a Urbino agarrados, se detiene sigiloso.

—Yo sé que no debería montar a nadie —dice ella recuperándose y justificándose—, pero hay problemas con el transporte, y yo no sirvo para dejar a alguien en la carretera.

Al percatarse de que Urbino no le cree, prosigue ella casi llorando.

—Yo perdí a mi abuelita en una parada. Ella era muy poca cosa, así como yo. Iba para el hospital a ver a una tía de una hermana que tenía por parte de padre, que también era menudita, así como yo. Y mi abuelita, de tanto mover los brazos haciendo señas a los carros, desesperada, para que le pararan —hace el movimiento para ejemplificar—, salió volando una tarde de mayo.

Urbino la agarra para detenerla.

—Está bien —le dice—, pero no siga usted, capaz que también eche a volar y yo pague la culpa.

Luego la sienta en algún lugar y se queda a su lado para calmarla.

—¿Usted siempre ha sido cariñoso, digo… caminero? —le pregunta La Muchacha mirándolo desde muy cerca.

Urbino también la mira. Nunca la tuvo tan cerca. Nunca, como ahora, reparó en sus ojos ni en las líneas perfectas de su rostro y su boca. Es tanta su belleza que no logra sostenerle la mirada. Nunca, que recuerde, había visto a alguien así ni siquiera en la Unión Soviética ni en las revistas ni en las películas.

—No —le responde y se dispone a trabajar para evitarla— qué va. Yo fui arriero, profesor de ruso y repentismo. Y soy graduado de dos o tres cosas más. Lo que pasa es que... como soy nuevo aquí, debo empezar por algo hasta que me gane la confianza de la dirección comunitaria.

—O se encuentre a alguien que le dé un empujoncito —le sugiere ella, marcando la frase.

—Sí, también —acepta nervioso—, pero... no tengo amigos acá.

—Igual que yo. Es que somos tan corticos de palabras, tan poco comunicativos usted y yo...—dice ella extendiéndole la mano—. Aquí tiene una amiga.

Urbino, receloso, se limpia la mano y se la ofrece. Pipo no ha dejado de observarlos.

—Para lo que me necesite —continúa diciendo ella, ahora acercándose y hablándole al oído—. Usted hoy no me ha visto con nadie en el carro, ¿de acuerdo?

Urbino asiente.

—Y ni El Primero ni Segundo pueden saber que somos... amigos, si no, no puedo darle... el empujoncito.

Urbino asiente. La Muchacha, más decidida, lo besa en la mejilla y se va para el carro. Arranca y se retira mientras Urbino la ve alejarse sin entender.

Pasa la mano por el lugar del beso. Pipo, acercándose por atrás, lo sorprende.

—¡Urbino!

Urbino, nervioso, no sabe qué hacer y se pone a trabajar. Pipo se limita a mirar el carro que se aleja. Urbino se da cuenta. Pipo le da una cantina con algo de comer.

—Aquí le manda mi hija —le dice Pipo con acento quebrado, como si quisiera llorar—.Mi hija… que solo tiene ojos para usted.

Urbino lo mira. Entiende que Pipo lo ha estado espiando. Pipo hace por retirarse.

—Pipo… yo…

Pipo detiene el paso. Urbino no habla. No sabe cómo explicarle el malentendido. Pipo reanuda la marcha y se aleja. Urbino se le queda mirando preocupado.

El Primero habla por teléfono. Segundo, con un bulto de papeles muy atareado. La Muchacha, sentada, mueve la llave del carro despreocupada.

—Lo sé, compañero Decoroso, fue un fallo de nuestra parte —dice El Primero y bebe un jugo—. Sí, yo cada vez estoy más flaco. El carro bien, con sus achaquitos. Debe ser por el clima, pero a la altura de las circunstancias, para lo que me fue asignado… Ok, no se preocupe, eso no volverá a suceder —cuelga y le habla a Segundo—. Este mes tampoco llegó la información a tiempo.

—Imagínese —se justifica Segundo—, no hemos tenido tiempo. Son muchos los asuntos que debo atender: la población, la despulpadora…

—Usted habla como si yo me pasara el día echándome aire... —se detiene al reparar en la presencia de La Muchacha.

—Ustedes deberían buscar a alguien que se encargara de los asuntos de la comunidad —propone La Muchacha—, para que puedan coger un aire y dedicarle más tiempo a la producción.

Segundo mira a El Primero entusiasmado con la idea.

—Usted no pretenderá dejarme solito —le dice El Primero a La Muchacha—, qué sería del carro de los trabajadores sin usted.

—El Primero —dice Segundo—, no le tronche el futuro a La Muchacha. Podemos hacer dos equipos de trabajo. Ella y yo, pecho a pecho... con el pueblo, y usted y el carro, codo a codo, con la producción, que es la esencia y la base fundamental de la comunidad.

—No estoy hablando de mí —aclara ella—. Soy muy frágil. Yo no sería un alivio para ustedes porque he creado demasiada dependencia de los dos —ellos asienten felices—. Debe ser una persona campechana, que tenga conocimiento de muchas especialidades, que pueda dar soluciones a nivel de comunidad sin tener que molestarlos.

—Ese tipo de persona no la tenemos en la comunidad —asegura Segundo.

—Sí, Segundo —dice El Primero—. Debe haber alguien integral que sea de mucha ayuda para usted.

—Tendría que ser confiable. Necesitamos incondicionalidad con las decisiones —comenta Segundo.

—Con buscar no se pierde nada —propone La Muchacha—, pueden hacerse verificaciones. Pudiéramos poner a alguien a prueba. ¿Qué les parece Urbino, el caminero?

A Segundo no le hace gracia la idea, pero a El Primero sí. Ella se dirige a Segundo:

—Pruebe, y si no, yo me comprometo a aliviarlo un poco en sus tareas.

Segundo se queda pensativo.

Urbino, Arturita y Pipo cenan. Ninguno habla. Pipo constantemente mira a Urbino, pero este no se atreve a mirarlo.

—¿Se tuvo que enredar con alguna curva hoy, Urbinito? —pregunta Arturita.

A Urbino la pregunta le parece intencionada. Le pasa la vista a Pipo, que no le quita la mirada.

—Más o menos —responde Urbino—, pero casi ni me di cuenta.

—Saber que hay gente por ahí —comenta Arturita— que se agarra de cualquier cosa para no trabajar. ¿Verdad, Urbinito?

—Sí, así es —dice Urbino por compromiso.

Pipo aprovecha y le echa mano a alguna carne que queda en la fuente.

—Pipo, ya usted se comió la suya, esa es de Urbinito —lo regaña Arturita.

—Déjelo que la coja, yo estoy un poco desganado —dice Urbino.

Pipo agarra la carne y empieza a comérsela.

—Qué bueno si nos hiciéramos amigos de alguien en la dirección comunitaria para que lo cambien de trabajo. ¿Verdad, Urbinito? —dice Arturita.

Pipo lo mira.

—Sí —responde Urbino y cambia la conversación para sentirse más cómodo—. Bueno, ¿y qué se sabe de Paso Diez?

—Nada —dice Arturita—. A la hija de Asunción tuvieron que ingresarla porque se enteró de que el marido se le estaba corriendo con una muchacha de los Acuña…, la que maneja la ambulancia, ¿se acuerda?

—No… —responde Urbino nervioso.

—Cómo que no, Urbinito —insiste ella—: la bonita, que era muy salida del tiesto. Y lo más lindo, creo que está embarazada. Dicen que le dan desmayos y cae redonda dondequiera.

—¡Arturita!, déjese de estar hablando sandeces —dice Pipo parándose—. Aprenda a ser reservada como su padre, que no ha sido capaz de decirle a nadie lo que le tiene atragantado.

Se para Urbino también, asustado.

—Si en esta casa hubiera tan siquiera un televisor —continúa Pipo—, uno no estaría pendiente de los descaros de la gente. Pero yo voy a comprarme un puerquito, a ver si en unos meses…

—No se preocupe, Pipo —lo calma Urbino, adulón—, yo mañana le consigo el puerco.

Urbino, sentado ante Mario, escribe en un papel. Mario lo observa.

—Aquí tiene la solicitud —dice Urbino entregándole el papel.

Mario lo lee. Mira a Urbino y le pregunta:

—¿Usted está seguro de que esto fue escrito de su puño y letra?

—Bueno, usted acaba de verme.

—Para este tipo de trámites oficiales no basta con la palabra de un alto funcionario como yo. Estamos hablando de un puerco. Esa solicitud debe venir certificada por inmigración veterinaria.

Urbino agarra el papel y hace por salir.

—Ah —lo detiene Mario—, y debe traer además estos documentos.

Le entrega otro papel.

Segundo se esconde al ver salir a Urbino algo obstinado del puesto de mando, leyendo un papel. Cuando se aleja, Segundo entra.

Pasa El Primero en el carro manejado por La Muchacha, quien le hace una seña cariñosa de complicidad a Urbino. Él le responde el saludo. Al continuar el carro, Urbino queda frente a Pipo, que lo mira parado desde la acera de enfrente.

—¡Ya ando en los trámites del puerquito! —le grita a Pipo enseñándole los papeles.

—Si se le hace muy difícil, no se preocupe. Tal vez yo, hablando con El Primero, pueda resolver el televisor sin necesidad de usted.

—No, yo lo resuelvo —le asegura Urbino decidido y continúa de prisa.

Anda Urbino por diferentes lugares de La Fortuna. Entra y sale de las oficinas con papeles. Cada vez los papeles serán más, hasta el punto de no poder con ellos.

Las estibas de papeles casi tapan a Mario, que, complacido, mira a Urbino y hace una ligera abertura entre el bulto de documentos.

—Como puede ver —dice Urbino—, todo está acuñado y firmado por los factores pertinentes.

—Sí, solo que hay un ligero inconveniente —le responde Mario—. Todos los documentos hablan de un puerco, y nosotros este trimestre hemos decidido no autorizar la tenencia legal de puercos —Urbino pone cara de derrota—. Pero no se desanime. Lo que está permitido es la compra de una puerca. Lo malo es que en este caso los papeles no se corresponderían.

—No hay problema —dice Urbino—. Yo hago de nuevo el papeleo por el concepto de puerca.

—Yo quisiera ayudarlo, Urbino, pero mire esto —le señala para una tabla llena de números que hay en la pared—. En este preciso momento, no tenemos puercas en existencia, lo que hay son puercos. Como único que usted adquiera un puerco en calidad de puerca. Es una violación, pero usted sabrá ingeniárselas para no complicarse ni complicarme a mí.

En una esquina, Fernández y Sico, con el carretón a un lado, decorado al estilo de un bicitaxi. Pasan personas, y Sico trata de convocarlas para que monten.

—¡Arriba, lo que usted merece, comodidad y rapidez en la transportación!

La gente no le hace caso.

—Oiga, jefe —le dice Sico a Fernández—, usted tendrá mucha vista para los negocios, pero yo creo que esta idea suya no va a funcionar.

—Algo está pasando, Sico —comenta Fernández—. Yo tengo ojos de águila. Alguien nos está haciendo la competencia con el transporte.

—Debe ser porque autorizaron la venta de carretones a la población —dice Sico.

—¿Tú has visto a alguien más con carretones?

—¿Quiere decir usted, el uso indiscriminado de carretones? —Fernández asiente—. Venga acá, jefe, y si un día a todo el mundo le da por comprarse un carretón, ¿cómo recuperamos la inversión que hemos hecho?

—La gente no va a comprar carretones, Sico.

—¿Y por qué usted está tan seguro?

—Porque autorizaron la venta de carretones, pero prohibieron la posibilidad de comprar una yegua —responde Fernández.

Sico se queda complacido. Pasa Urbino con un puerquito disfrazado de puerca, con algún adorno femenino en la cabeza.

—¿Cómo le va, Fernández? —saluda Urbino.

—No tan bien, Urbino. ¿Usted ha visto a alguien más en el negocio de los pasajes?

—No —responde Urbino preocupado—, ¿por qué me lo pregunta?

—Por nada... Si quiere, Sico le traslada el animal.

Sico mira curioso al puerco. Urbino trata de tenerlo siempre de frente para que no descubran que es macho.

—El animal no —rectifica Urbino—: la animal, porque es una puerquita. Y no se preocupe, Fernández, mejor sigo a pie.

Urbino continúa su camino.

—Usted que tiene mejor vista —le comenta Sico a Fernández—, ¿vio que cara de verraco tiene la puerca de Urbino?

Arturita mira con cariño al puerquito disfrazado. Pipo y Urbino discuten a un lado.

—¡Que no le dije! —enfatiza Pipo—. No voy a ser el hazmerreír de la gente.

—Eso no va a pasar —trata de persuadirlo Urbino—. Mientras lo mantengamos así, nadie se va a dar cuenta de que la puerca es un puerco.

—¿Y cuando empiecen a crecerle los deseos de montar una puerca —le rebate Pipo— y se vaya de puerco y preñe una?¿Qué hacemos: atragantarnos el secreto?

—No diga eso, Pipo —interviene Arturita—. Una cosa así tan chiquitica no debe preñar. ¿Verdad, Urbinito?

Pipo mira de arriba abajo a Urbino. Va a responder, pero Urbino se le adelanta.

—Está bien, se acabó la discusión. Me lo llevo para el trabajo todos los días.

Urbino trabaja. El puerquito, disfrazado, está amarrado a un lado del camino. Pasa un camión y le grita:

—¿Qué, Urbino, sacó a pasear a la jevita?

Urbino mira, pero no responde. El puerco se escapa y Urbino corre tras él para agarrarlo. Las personas lo ven y ríen. En algún momento ya el puerco ha perdido el disfraz. Urbino logra atraparlo y aparece Segundo en el momento preciso.

Urbino como acusado. El Primero y Segundo presiden. Mario y La Muchacha desde un extremo miran a Urbino como pidiéndole que no vaya a implicarlos. Pipo y Arturita en el otro extremo. Fernández y Sico de testigos.

—Tenencia ilegal de un puerco —lee Segundo el acta—. Falsificación premeditada de documentación veterinaria. Cambio del género natural de un verraco en vías de desarrollo, etcétera, etcétera, etcétera... Tiene la palabra el primer testigo.

Sico intenta hablar, pero Arturita se adelanta muy alterada.

—Eso será lo que dice la ley, pero mi marido es un buen muchacho y todo lo hizo para comprarle un televisor a Pipo, que es un viejo y estuvo en la zafra del setenta y...

—Y a ningún machetero se le hubiera ocurrido —la enfrenta Segundo— ponerle al güiro de tomar agua una prenda femenina como si fuera una güira.

—Bueno —dice Pipo riendo—, una noche al Mulato de los Iznaga se le ocurrió hacer un juego de cámara como que era una sanitaria, y quién te dice, que en ese momento llega una gente de salud pública a inyectar a las sanitarias contra la enfermedad de los ratones. Óigame, le han dado una clase de inyectada al Mulato...

—Pipo —interviene El Primero—, muy interesante la anécdota, pero por favor, agilicemos este proceso.

—Yo debo decir —dice Fernández— que, como empresario, he recorrido el mundo entero, pero nunca había visto que para hacer negocios se hiciera un fraude tan inescrupuloso.

—Mi jefe tiene razón —apoya Sico—. Incluso, pienso que además es inescrupuloso como el refresco gaseado, que unas veces viene menos inescrupuloso que otras.

—Tiene la palabra el acusado —propone Segundo—. ¿Quién lo indujo a hacer todo esto?

Urbino mira a La Muchacha y a Mario. Después a Arturita y a Pipo.

—Yo soy el único culpable —dice Urbino—. No hay nadie más involucrado.

Todos hacen silencio. El Primero y Segundo hacen un aparte para conferenciar.

—Bien, compañeros —dice El Primero poniéndose de pie—, antes de dar el veredicto final, queremos en nombre de los factores darles las gracias por esta importante colaboración ciudadana. Teniendo en cuenta los hechos, y la aceptación asumida por el compañero Urbino, esta comisión ha decidido que es él el más indicado para ocupar el cargo de activista zonal para los asuntos comunitarios y de sano esparcimiento.

Todos aplauden y Urbino no entiende.

—Que todo fue una trampa, Urbinito —le dice Arturita abrazándolo—, para comprobar que usted era un joven confiable, capaz de arriesgarse por la comunidad. Todos nos confabulamos con lo del puerquito, para demostrar la clase de hombre que es usted.

Urbino se pone alegre y todos lo felicitan y abrazan. El Primero le hace entrega de un portafolio, y La Muchacha de un televisor pequeño, que Pipo agarra al vuelo sin que Urbino logre tocarlo. Segundo se le acerca y le habla aparte, algo molesto.

—Esta la ganaste. Ahora tu cargo queda bajo mi jurisdicción.

—No se preocupe, Segundo. Ahora yo voy a estar dedicado al trabajo social en cuerpo y alma.

—No, Urbino —le rectifica Segundo—. Usted sigue siendo caminero. Lo de activista es fuera del horario de trabajo.

Le da un bolígrafo y una agenda. La expresión de Urbino asume la ambigüedad de la Mona Lisa.

X

Pipo y Mario conversan en el portal. Hablan sobre lo bajo, preocupados y misteriosos. Urbino y Arturita los escuchan escondidos detrás de la ventana.

—Yo pensé que eso era un chisme de la gente de este pueblo, que vive inventando historias —comenta Pipo—, pero si usted, que es la autoridad, me lo confirma, ¡entonces el problema es serio!

—Así como se lo cuento. El Primero y Segundo están como locos, porque del nivel central mandaron a cerrar el pueblo.

Cuanto más bajo hablan, más pegan el oído a la pared Arturita y Urbino para lograr escuchar.

—Yo no sé si usted sabe que este pueblo funciona por una patente que le dio el nivel central a El Primero —prosigue Mario—, y ahora, como el pueblo no es rentable, quieren quitársela.

—Cucha eso, Urbinito —cuchichea Arturita en su escondite.

—¿Y qué se puede esperar de un pueblo donde la principal producción es el jugo? —comenta Pipo—. ¿Qué se creen ellos, que van a vivir del jugo de la gente? Yo le pago a usted si un día caigo en una trampa de esos sinvergüenzas.

—Lo peor es que si cierran el pueblo todos tenemos que volver para el lugar de donde vinimos —dice preocupado Mario.

—Urbino, ¿usted oyó lo que dijo Mario? —susurra Arturita—. Pues yo de aquí no me muevo, esta es la casa de mis sueños, vaya a ver qué usted inventa.

—Despreocúpese, Arturita —la calma Urbino—, yo a usted no la voy a dejar desamparada por nada en el mundo. Voy a encontrar una idea para resolver el problema ese.

—Haga memoria de algunas de esas cosas que usted aprendió en la Unión Soviética.

—Pipo —dice Mario—, parece que la noticia lo ha afectado, porque lo veo preocupado y triste. Usted es un hombre de bien, que piensa en su familia.

—No, Mario, el problema es que Fernández me debe trece pesos con cuarenta y cinco centavos, y me dijo que iba a meterse en un negocio para pagármelo. Si cierran el pueblo, capaz de que yo no vea nunca más ese dineral.

Fernández conversa muy misterioso con Marcia. Los Jimaguas están presentes y ríen.

—Comadre, dígales a esos muchachos que no se rían más. Yo no le veo la gracia a la noticia. Esto es cosa seria.

—Es que están nerviosos. ¡Cállense, Uno y Otro! —grita Marcia, y luego le habla a Fernández con preocupación —. Yo lo siento mucho, no tengo más familia, ni para donde volver. Usted sabe que soy descendiente de españoles. Además, el circo donde nosotros trabajábamos lo cerraron también.

—Parece que hay alguien cerrando cosas —comenta Fernández—. Debe ser Segundo o alguien de la empresa. Menos mal que yo soy hombre de negocios y no dependo tanto de los sube y baja de la politiquería oficial.

—Mire, Fernández —dice Marcia y agarra bruscamente a cada hijo por un brazo y los muestra—, mire estas dos criaturas. ¿Usted sabe lo que yo tuve que hacer para llegar a este pueblo con ellos? Mejor no le digo. Y como son igualitos, a la entrada del pueblo querían decomisarme a uno porque decían que eso es acaparamiento, que yo no podía tener dos cosas iguales. Tantos requisitos para vivir aquí y ahora tan fácil van a cerrar. Que no me busquen, que yo sí me tiro del trapecio, doy tres vueltas y caigo pará.

—No se desgracie, Marcia, esto va a resolverse. Creo que van a hacer una reunión y seguro encontrarán una salida. No es lo mismo un cierre que una salida. Confíe en mi visión, no se tire todavía de ningún lugar.

Paco atiende el teléfono.

—No, señora, todavía esa noticia no es oficial, pero seguro usted se gana un premio, porque es la llamada número mil. Gracias.

Cuelga. El teléfono suena inmediatamente.

—Dirección comunitaria, dígame... No, compañero, son comentarios, no van a cerrar nada todavía...Bueno, eso fue lo que me dijeron que debía decir... Sí... ¿Mi opinión?: que hace rato tenían que haberlo cerrado... Ay, no, perdón.

Cuelga y nuevamente debe atenderlo.

—Oigo... Sí, queremos cerrar el pueblo, pero ustedes no nos dejan llamando tanto.

Segundo conversa con El Primero, están muy preocupados.

—Insisto, compañero El Primero: a la gente hay que decirle la verdad de lo que está ocurriendo.

—No se haga el gracioso, compañero Segundo. Si les decimos que van a cerrar el pueblo porque no somos rentables, y que no se sabe qué pasa que la producción de jugos no alcanza para cubrir el gasto social, la gente va a pensar que soy yo el que no sabe dirigir el pueblo.

—¿Y quién es el que no sabe, compañero El Primero?¿Yo?

—Sin ironías conmigo. Usted sabe cómo yo aprecio a la gente de este pueblo: ¡donde ellos caigan heridos, yo caigo muerto!

—Pues salga y tírese de boca para el piso, porque todos están muy heridos con la noticia.

—Vamos a pedirles que hagan un esfuercito más, que redoblen turnos, que tripliquen...

—Lo que hay que decirles es la verdad —aconseja Segundo—: que en el pueblo vecino montaron una despulpadora, y nos están haciendo competencia y producen más jugos que nosotros. Por eso del nivel central nos quieren cerrar, porque no hemos sabido superar a la otra despulpadora.

—Y hay que decirles también —propone El Primero—que El Primero del otro pueblo es el que le cae bien al compañero Decoroso del nivel central.

—Sí, pero El Primero aquel no sale de las plantaciones de frutas de la despulpadora, y conoce a los trabajadores.

—Segundo, ¿cómo usted quiere que yo esté metido el día entero en los matorrales esos? ¿Con qué gasolina voy a llegar hasta allá?

—Vaya a pie o échele jugo al tanque del carro.

—Ya usted me agrió el día —dice El Primero molesto y marca el intercomunicador—. Maritza, tráigame un jugo. ¿Cómo que no hay, compañera? ¿Quién se estará tomando los jugos de este pueblo?

A la sombra de un árbol hay una reunión. La presiden Segundo y El Primero. En el público, Urbino, Fernández, Pipo Pérez, Sico y Mario. Todos están a la expectativa de lo que se dirá, hay mucha tensión y comentarios.

—Por favor, compañeros —dice El Primero—, hagan silencio. Me imagino que ustedes saben la razón por la que estamos aquí. Esto no es el fin del mundo. Cada uno de nosotros tiene que revisarse en lo que hace y cooperar un poco más para salir de la crisis.

—Permiso, compañero El Primero —pide Mario—. En lo que a mí respecta, como jefe de la policía no puedo hacer más, ya cumplí el plan de detenidos del trimestre. Ahí está Urbino, que puede darle fe de eso.

Los presentes se burlan de Urbino.

—Vamos a concentrarnos, compañeros —solicita El Primero—. Yo dije que esto no era el fin del mundo, pero tampoco es para reírse. A ver, vamos a escuchar los criterios del pueblo. La doctora Yang, recientemente llegada al puesto médico de la comunidad, está pidiendo la palabra.

—Yo creo —dice la doctora Yang—que el caso es de pronóstico grave. Aquí lo que hace falta es una inyección de inteligencia para dirigir y sacar adelante a este pueblo.

—¡Ay, Dios mío! —exclama Sico asustado—. Aparte de la inyección contra la rabia y las dos contra la ira, ¿hay que ponerse otra más, doctora?

Urbino, que no ha dejado de mirar extasiado a la doctora, se adelanta y responde:

—No, compañero Sico, lo que la bella galena quiere decir es que hace falta gente inteligente, con ideas avanzadas, que saquen al pueblo de la crisis.

—Paciente —le aclara con sequedad la doctora a Urbino—, yo no necesito un diagnóstico de mis palabras.

La gente se ríe de Urbino, pero él sigue mirando a la doctora como un bobo.

—Discúlpelo, doctora —dice Pipo—, este pamplinoso se cree traductor. Cuando Arturita se entere del zorreo que tiene aquí en la reunión lo va a dejar hablando en cuatro idiomas.

—Bueno, compañeros —habla Fernández—, yo considero que debemos buscar iniciativas, por ejemplo, recoger una fruta por casa para ayudar en la producción de jugos. Y si tenemos que quitarles el jugo a los mayores de dieciocho años, se los quitamos.

Segundo es el único que aplaude. El Primero lo mira serio.

—Y que den refresco —propone Sico entusiasmado.

Todo el mundo lo mira por el comentario fuera de lugar.

—O que para coger un jugo —plantea Mario— haya que presentar un papel del médico.

—Miren, ciudadanos —interviene Segundo a punto de explotar—, basta ya de plantear tonterías. Aquí no hay que quitar ningún jugo ni emular entre nosotros. El problema es que en el pueblo vecino construyeron una despulpadora igual a la nuestra, y nos están haciendo la competencia. Tienen mejores iniciativas, producen más, y por eso el nivel central nos está dando un ultimátum.

—Yo tengo una idea, compañeros de la presidencia —propone Urbino.

—Hum, ideas grandes con paticas cortas no llegan lejos —comenta Pipo burlón.

—La propuesta es la siguiente —dice Urbino en tono de autosuficiencia, pavoneándose para impresionar a la doctora—: allá detrás del cementerio La Santa Semilla, colindantes con el otro pueblo, hay unos terrenos ociosos que pueden

300

entregarse para sembrar frutas. Asígnenselos en usufructo a compañeros jubilados y otros que no trabajan para que se aprovechen esas tierras.

Todos se quedan en silencio esperando una reacción de los jefes.

—Felicidades, compañero Urbino —dice El Primero—, me parece una excelente idea esa que se nos ha ocurrido.

Todos aplauden entusiasmados. Urbino, haciéndose el interesante, se le pega al oído a la doctora.

—¿Vio, cosa rica, como todavía quedan hombres con ideas inteligentes?

La doctora le suena una bofetada que retumba en el lugar. Todos miran hacia donde está Urbino, que se ha quedado paralizado.

—Hasta yo veía venir eso —comenta Fernández.

—Urbino —dice Pipo riendo—, esa galleta tiene que acompañarla con un jugo, porque sonó seca.

—¡Urbino! —interviene Segundo—, para la próxima indisciplina mandaré a Mario para que le abra un expediente por peligrosidad. A ver, los que estén interesados en solicitar tierras en usufructo para sembrarlas de frutas, según la idea que se nos ocurrió a la empresa, que hagan la solicitud por escrito, con tres copias, y me la entreguen.

En la oficina, Fernández y Pipo Pérez, sudados y con caras de cansancio, muy silenciosos, esperan una respuesta frente a Segundo, que muy tranquilo y fresco revisa los documentos.

—Falta consignar el cultivo al que le dedicarán las tierras —les informa Segundo haciendo ademán de devolverles los papeles.

—Ya eso lo pusimos ahí, compañero Segundo —aclara Fernández—, desde aquí yo lo veo en el cuarto cuadrito de la sexta planilla... Voy a dedicarme a cultivar ciruelas y Pipo almendras.

—Sí —dice Segundo mientras revisa—, es verdad, lo pusieron — y les pregunta en tono de burla— ¿Y ustedes creen que de esas frutas pueda sacarse bastante jugo?

—Bueno —responde Pipo algo acalorado—, lo de nosotros es sembrar la tierra, de sacarle el jugo a las frutas se encargará otra gente, que por lo que veo hay bastantes especialistas aquí en sacar el jugo a los demás.

Segundo lo mira con intención.

—Nosotros queremos trabajar y aparecen trabas por todos lados —reclama Fernández—. Ya llevamos cuatro días trayéndole papeles a usted para que nos entreguen las dichosas tierras y siempre falta algo.

Segundo lo mira igual que miró a Pipo.

—¿Qué falta ahora —pregunta Pipo irónico—: una foto de cumpleaños o un papel de un psicólogo confirmando que estamos sanos mentalmente para trabajar la tierra?

—Les falta —les dice Segundo muy calmado— la certificación de antecedentes penales.

—¿Antecedentes penales? —pregunta Fernández molesto—. Si nosotros nunca hemos sido sancionados.

—Ah —dice Segundo complacido—, ¿Y ustedes creen que no voy a sancionarlos por falta de respeto a un superior?

Pipo y Fernández tras las rejas. Mario les ofrece un papel para que firmen.

—No sean brutos, firmen la declaración de culpabilidad. Yo les pongo el antecedente penal en sus expedientes, después los suelto y les entrego la cancelación. Así ya tienen el documento que les falta.

—Esto debe ser una pesadilla —comenta Fernández—, mira el problema en que nosotros nos hemos metido por solicitar unas tierras para trabajarlas.

—Un hombre que trabajó toda la zafra del setenta —dice Pipo refiriéndose a sí mismo— y nunca le pidieron ni el carné de identidad, para que ahora vengan los patiflojos estos...

—¡Más respeto con la autoridad! —reclama Mario—, que ni la gente de la empresa ni yo tenemos la culpa de que ustedes sean tan conflictivos. Si quieren coger la tierra, firmen, y si no renuncien y los suelto ahora mismo.

—Por mí puede soltarme —dice Fernández—, porque no voy a firmar nada. Yo soy un empresario, y lo que más me sobran son ideas y visión para buscarme la vida. Si quieren, que cierren el pueblo.

—Y si de mí depende —lo apoya Pipo—, no van a enterarse a qué sabe un jugo de almendras. Renunciamos a este negocio, Fernández. Vaya pensando en otro, recuerde que usted me debe trece pesos y noventa centavos.

—Y cuarenta y cinco centavos, Pipo Pérez —aclara Fernández.

—Mira que ustedes son brutos y recalcitrantes —dice Mario y se pone a escribir—. ¡Ay, Dios mío!, no permitas que yo llegue a viejo en esas condiciones.

El Primero, con cara de quien quiere explotar, espera sentado en su oficina. Entra Segundo.

—Dígame, compañero El Primero, Paco me informó que quería verme urgente.

—¿Usted les entregó tierras a las personas que lo solicitaron? —pregunta El Primero.

—Los aspirantes que se presentaron —responde Segundo— no acreditaron debidamente las condiciones morales para…

—¿Qué condiciones morales ni qué carajo? Acaba de llamarme Decoroso del nivel central para informarme que los compañeros del pueblo vecino le solicitaron esas tierras porque nosotros las teníamos ociosas, y él se las entregó.

—Pero la gente del nivel central no puede…

—¡Sí pueden, Segundo! —grita—, ¡sí pueden! El que no puede hacer lo que le da la gana es usted. Ahora Decoroso me echó en cara que ellos tienen más iniciativas que nosotros, y me dio a elegir entre dos alternativas: o entrego la patente de El Primero del pueblo o le entrego al culpable de que esto no haya funcionado.

—¿Y qué usted va a hacer?¿Entregarse? —pregunta Segundo.

—Llámeme a Sico, ¡que traiga la carreta!

Urbino coloca debajo de un árbol del patio una mesita con dos sillas para atender a la gente. Pipo sentado, lo mira.

—Niña, ¿y este vago no piensa ir a trabajar hoy? —le pregunta Pipo a Arturita.

—Pipo, no hable así de Urbinito. Usted sabe que él es el único que trabaja en esta casa, y ahora trabaja doble, porque, además de su oficio como caminero, tiene que atender las quejas y las solicitudes de los pobladores. Por eso está preparando su despacho.

—Oiga, Pipo Pérez —dice Urbino—, yo no me alegro de la desgracia de nadie, ¿pero usted vio que aquí a cualquiera lo meten preso? Eso no significa que uno sea delincuente.

—Sí, pero lo mío fue por capricho de Segundo —responde Pipo—, no como usted, que siempre está enredado en problemas.

—Total, para dejarse quitar las tierras por la gente del otro pueblo —comenta Arturita—. Si ellos no hubieran puesto tantas trabas, ahora Pipo estuviera trabajando con Fernández en la siembra de frutas, y sería un dinerito más que iba a entrar aquí.

—Un dineral, diría yo —rectifica Pipo—, porque yo sí soy un hombre de trabajo y no me meto en ningún negocio si no me va a dar resultado.

Allá ellos si ahora les cierran el pueblo, por burócratas y alacranes que son.

—¿Se dio cuenta de que el único culpable de todas esas desgracias es Segundo? —agrega Urbino—. Bien que lo dijo la doctora Yang en la reunión: «Aquí hace falta gente inteligente para dirigir».

—Oiga, Urbino —reclama Arturita—, yo a usted nada más lo oigo a cada rato mencionando a la doctora Yang. Que yo sepa, usted no está enfermo.

—Ay, niña —dice Pipo haciéndose el sentimental—, yo no quería decirle nada, pero ya que usted me pregunta, tengo que decir la verdad: ese marido suyo tenía una satería en la reunión con la tal doctora Yang… Y esa mujer, que se ve que es seria, le ha dado una clase de galleta a Urbino, que eso ha sido la comidilla de todo el mundo en esta semana.

Sico, en el carretón, se dirige a la salida del pueblo. Lleva a Segundo con él.

—Es la segunda vez que saco a alguien del pueblo —dice Sico—, y que lo mandan así, casi botado. La primera vez fue Urbinito, iba con tremenda mala cara y no me pagó ni un refresco. Usted sí me cae bien, yo no entiendo por qué están mandándolo para allá.

Sico espera algún comentario de Segundo, pero él va muy callado y pensativo.

—Para mi poco entender —sigue diciendo Sico—, yo creo que el culpable de que la gente del otro pueblo se cogiera las tierras es Urbino.

—¿Cómo dijo? —se interesa Segundo—. Explíqueme mejor eso.

—Hablando de otra cosa —dice Sico—, ¿a usted, en la merienda que le dieron como dieta para el viaje le pusieron refresco?

Segundo entiende el mensaje y le da rápido el refresco.

—Tome. ¿Por qué usted dice que el culpable es Urbino?

—Piense bien. Esas tierras siempre estuvieron ahí y a nadie les interesaron —dice Sico—. Urbino no tenía que haber planteado la idea de las tierras en la reunión delante de todo el mundo, seguro allí había alguien del otro pueblo, enmascarado. Oyó la idea, fue y se lo contó a los jefes de allá.

—¡Vire para atrás ahora mismo! —le ordena Segundo autoritario—. ¡Vamos!

—Pero la salida del pueblo queda...

—Vamos, ¿usted va a desobedecer las órdenes de un superior?

Sico obedece y arrea el caballo para que camine más rápido.

Urbino, en la calle, con cara de llanto. Un maletín con sus pertenencias. Arturita, como una fiera, le tira cosas: botas, agendas, ropas... Pipo aprovecha y también le tira algo.

—Pero, Arturita —ruega Urbino—, ¿para dónde voy a ir? No le haga caso a Pipo...

—Ingrésese en el puesto médico —le grita Arturita—, así la doctora Yang lo atiende.

—¡Descarao, vago, degenerao, desconsiderao, mujeriego, bandolero! —grita Pipo aprovechándose.

Llega el carretón de Sico con Segundo.

—Urbino —le dice Segundo—: usted, además de inteligente, ¿es adivino? Me esperó con el maletín preparado y todo. ¡Monte, que nos vamos!

—¿Que nos vamos?¿Adónde, compañero Segundo?¿Qué fue lo que pasó ahora?

—Hasta suerte tiene el paticorto este —le comenta Pipo a Arturita—, vienen a recogerlo en carro y todo.

—Monta, que nos coge la noche por el camino —apoya Sico.

Urbino, confundido, se monta. La carreta emprende viaje a gran velocidad.

—Pipo —pregunta Arturita cambiando la ira por preocupación—, ¿para dónde se llevarán a Urbinito?

—Para donde sea, mija, dale gracias a Dios que te quitaste a esa escoria de arriba. ¿Usted no quería que se fuera?

—No, yo lo decía de dientes para fuera —aclara Arturita—. Mañana yo iba a buscarlo, esta casa es de él.

—Era —dice Pipo—, porque él abandonó su hogar. Mañana mismo voy a hacer el papeleo para el traspaso de vivienda a mi nombre. ¿En qué ilegalidad se habrá metido su exmarido ahora?

El carretón se aleja de La Fortuna llevándose a Urbino, que mira desconsolado lo que deja atrás sin saber si alguna vez podrá volver, si le alcanzarán las piernas, las manos, las alas o los ojos para seguir andando.

XI

Con ropas de actuar y maquillados, un grupo de artistas de circo — payasos, malabaristas, magos… — esperan en la entrada del puesto de mando sin poder pasar al pueblo. Una especie de circo ambulante a la usanza de otras épocas. Traen consigo un carricoche y animales diversos. Urbino trata de convencer a Mario y ellos hacen ejecuciones. Tal pareciera que nunca paran, que es un estilo de vida permanente, que se han escapado de una película o de un cuento de hadas.

— Yo — le dice Urbino a Mario—, como activista zonal de asuntos comunitarios y sano esparcimiento, he vuelto a La Fortuna con ellos, porque considero que ese circo puede ser una bonita actividad que el pueblo merece.

— Lo entiendo, Urbino — responde Mario—, pero a mí circo me suena a «circulado», y alguien que esté circulado no es confiable. A ver, ¿por qué andan disfrazados?

— Porque son artistas, Mario, y los artistas…

— El Primero les escribe poemas a las hormigas y no se disfraza.

—A los poetas no se les ve el disfraz, pero a los artistas de circo sí —le aclara Urbino.

—Y si es así como usted dice, ¿por qué yo no tengo una circular que me permita darle entrada a un disfrazado de circo? Eso puede prestarse para muchas cosas —le muestra un documento—. Aquí se entra por lo que está establecido o no se entra.

—¿Y para qué organismo usted tiene autorización de disfraces?

—Para... —Mario lee en el documento—, actores de teatro.

—Entonces que pasen como teatreros —le propone Urbino.

—Está bien, pero tienen que dejar los animales afuera. El único animal que tiene plaza en el teatro es el murciélago. En el teatro los preparan para que después vayan a comerse los cines —termina diciendo Mario a manera de chiste y ríe.

—Mire, Mario —dice Urbino persuasivo—, yo les di mi palabra y ya ellos vinieron. Son gente buena, sacrificada. Han hecho un gasto tremendo para llegar hasta acá. Además, la comunidad se lo merece. ¿Usted se imagina lo contenta que va a ponerse su esposa Flor cuando los vea?

Mario se queda pensativo.

—Esa patatica es mi vida —dice Mario, y agrega íntimo—. Aquí entre nosotros, me tiene a pan y agua. Yo todavía estoy fuerte, pero no quiere cumplir con sus deberes en la cama.

—Quién quita que ellos tengan algún preparado para ese menester —le insinúa Urbino.

—¿Usted cree? —se muestra interesado.

—En el circo suceden las cosas más increíbles. Yo recuerdo que estando en la Unión Soviética un mago me metió en un cajón y me dividió el cuerpo en cuatro partes. Mi cabeza vino quedando en los pies. A la semana todavía caminaba yo con miedo, porque me parecía que me iba a pisar los pensamientos.

Mario no le presta mucha atención. Su mente está puesta en Flor y en los deseos de poseerla que lo mantienen en vilo cada noche: cuando la escucha en el baño, cuando la siente reír o roncar…

—¿Tendrán alguna magia para que Flor me ame?

—Claro que sí —le asegura Urbino—. Mírelos nada más, si hasta parecen venidos de otro mundo.

Mario se les queda mirando extasiado mientras los cirqueros hacen sus ejecuciones, todos por su lado, de forma impresionante.

El Primero juega emocionado en la computadora. Segundo, impasible, prepara los talonarios de multas.

—Esto se paró de nuevo —dice molesto El Primero—. Algo está pasando, vamos a tener que formatear la máquina.

—Lo que debemos hacer —responde Segundo— es desinstalarle ese juego de carros, porque pesa mucho. Ya hoy se ha formateado seis veces. Si la seguimos formateando va a perder la forma.

—¿Esto tendrá que ver con que usted no quiso pagarles a los cirqueros? —se preocupa El Primero.

—Yo no —se defiende Segundo—. La comunidad no tiene fondos para pagar payasadas.

El Primero empieza a manipular un jugo al estilo de los magos. Luego agrega:

—¿Usted vio cómo desaparecían las cosas sin que uno se diera cuenta?

Segundo se le queda mirando con malicia. El Primero se percata, suelta el jugo y prosigue:

—Debimos hacer un esfuerzo y pagarles, aunque fuera con especias. No es bueno que salgan diciendo por ahí que somos unos informales.

—¿Usted los trajo? —pregunta Segundo y El Primero niega—. Pues yo tampoco. Que les pague Urbino, que fue el de la idea.

Entra Paco con el sombrero en la mano. Se dirige a Segundo.

—¿Cuál de los dos es el mago de los jugos?

—¿Qué quiere, Paco? —pregunta Segundo.

—Desaparecer —dice Paco riendo—. Oiga, lo que me pasa a mí no le pasa a nadie. Me entretuve mirando a los artistas y sin darme cuenta me puse el sombrero del mago y desaparecí. Cuando vine a ver, ya me iba con ellos en la jaula de los leones. Menos mal… espérate, ¿cómo fue que salí? Ah, sí… cuando el león agarró el látigo para que yo saltara por el aro lleno de candela.

—Paco, acabe de dar el recado —le pide El Primero.

—Ah, sí. Qué clase de alboroto se formó a la salida del pueblo. Dicen los conejos, digo, dicen los magos que si antes de las veinticuatro horas no les pagan, el culpable pagará las consecuencias, porque van a convertirlo en... en... yo no sé, pero allá ustedes.

—Se lo dije, Segundo —se lamenta El Primero asustado—. Esto nos puede traer problemas.

—Los artistas siempre amenazan —lo calma Segundo—. A unos cuantos les debemos los carnavales del año pasado y no ha pasado nada.

—Pero estos son distintos. Se imagina que me conviertan el carro en un conejo —dice El Primero y agarra un jugo para beber.

—Ay, ay, ay... fíjense que yo me erizo —exclama Paco infantil, provocando miedo— ¿Y si lo convierten a usted en un erizo? Los erizos ponchan las cajitas de jugos con las espinas y se embarran y parecen monstruos.

El Primero, nervioso, no se atreve a beberlo. Se lo da a Paco, que lo guarda en el sombrero.

—El Primero, usted es un alto funcionario —lo requiere Segundo—, esas cosas nada más suceden en los cuentos de hadas. Pongámonos para la producción, y que Urbino, como activista comunitario, se encargue de los saltimbanquis esos.

—Es verdad —acepta El Primero más calmado—. Deme el jugo, Paco.

Paco mete la mano en el sombrero y sale una paloma. El Primero y Segundo, incluso Paco, se miran asustados.

En el patio de la casa, Pipo, sentado en un taburete, ríe mientras habla con Urbino, convertido en un chivo.

—A usted nada más se le ocurre tomar ese tipo de decisión sin contar con los que verdaderamente mandan.

—Yo soy el activista comunitario y debo velar por el sano esparcimiento de la gente —dice el chivo.

Pipo le acomoda el sombrero y la camisa a cuadros mientras le va hablando con cierta paternidad.

—Sí, mijo, verdad que fue una actividad bonita, pero el fin no justifica los medios, mire en el problema que se ha metido. Ahora la niña anda como loca buscando el dinero para que a usted le quiten el hechizo y vuelva a la normalidad.

—A mí la gente me quiere, estoy convencido de que todo el mundo está haciendo aportes —asegura el chivo.

—Yo estaba pensando —dice Pipo sin poder aguantar la risa— que si en vez de chivo usted fuera una chiva, ahora mismo la apareaba con un buen chivo padrote, para coger aunque sea un parto antes de que le quitaran el encantamiento.

Entra para la casa riendo y deja a Urbino afuera, amarrado.

—Pipo, ábrame la puerta —grita desesperado el chivo—. Pipo, por favor que pueden aparecer los perros jíbaros.

Pipo se asoma por la persiana y ladra. El chivo se asusta y trata de soltarse. Pipo ríe.

—Tranquilícese, hombre, digo, animal, que si se sofoca el olor llama a los jíbaros —le aconseja Pipo riendo—. Yo solo voy a salir al pueblo a hacer unas averiguaciones.

Arturita habla con Marcia. Ella la atiende, pero no deja de realizar sus labores domésticas.

—Entonces no sé qué hacer, porque todos dicen que no tienen dinero, y Segundo dice que ellos no pueden hacer esa inversión.

—Yo tengo un dinerito de cuando vendimos la jirafa —comenta Marcia—. Tuve que venderla a mitad de precio, porque parece que con el trauma del cierre de nuestro circo se le hizo un nudo en la garganta. Ya los trapecistas se habían ido y no teníamos a alguien que se le subiera hasta el cogote a desatarle el nudo.

—Entonces, ¿puedo contar con usted? —pregunta Arturita.

—Es que no me atrevo a usar ese dinero, porque no estoy segura si algún día volveremos a abrir el circo —responde Marcia.

—Hágalo por mí —ruega Arturita llorando—. Usted no se imagina cómo yo me siento viéndolo ahí, amarrado, hablándome.

—Lo sé, mija. Yo luché con animales muchos años, y animales que no hablaban, así que te considero. ¿Cuánto estas pidiendo?

—Mil quinientos pesos.

—Ven acá, mi vida —reacciona Marcia molesta—, ¡¿cara de qué tú me ves?! Chivo, aunque hable, es chivo. ¿A cómo me pones la libra de marido en pie?

Arturita se retira. Llora, habla para sí, clama desesperada mientras mira al cielo.

«¡Ay, Dios mío, ayúdame! ¿A quién puede ocurrírsele que puedo vender a mi lindo chivito, digo, Urbinito?».

El chivo está amarrado en el portal con un bozal en la boca para que no hable. Pipo, frente a Sico, Fernández y Flor, dirige la subasta.

—¡Arriba compañeros, quién da más! Empezamos por quince pesos de los de divisas.

—Yo doy los quince pesos —dice Fernández—, pero para hacerlo un chilindrón ahora mismo, porque tiene las patas demasiado cortas para padrote.

El chivo, desesperado, hace lo posible por soltarse. Pipo amenaza con golpearlo y se tranquiliza.

Toda la tarde estuvo Urbino escuchando las ofertas sin poder berrear ni zafarse, y por todos lados anduvo Arturita pidiendo ayuda. Y aunque no lograba obtener los mil quinientos pesos que pedían los cirqueros para deshacer el hechizo, al menos el pueblo se fue enterando de que el chivo era Urbino. Poco a poco se retiraban de la subasta y cada cual aportaba lo que podía, hasta que se pudo llegar a la cifra de mil pesos. Con esa cifra iba Arturita a tratar de convencer a los cirqueros, cuando le vino Sico con la noticia:

—Vire para atrás, señora, que ya no podrá ser.

Arturita se queda paralizada. Quiere preguntar qué le hizo Pipo a su chivo, pero no logra articular las palabras.

—El chivo se escapó —agrega Sico—, y ahora lo tienen en el puesto de mando, porque lo agarraron en las plantaciones de tamarindo.

—No puedo entregarle el animal, señora —le informa Mario a Arturita—. Segundo dice que hasta tanto se contabilicen las pérdidas que pudo ocasionar su chivo a la producción de jugo, hay que mantenerlo en carácter de decomiso. Usted sabe lo estricta que es la empresa con el cumplimiento del plan técnico-económico, y lo dañinos que son los chivos: la mata que tocan, la secan de raíz. Lo más que puedo hacer por usted es permitirle que le traiga un saco de hierba cada tres días.

—¡A mí no quiera echarme la culpa de las irresponsabilidades de su chivo! —le grita Pipo molesto a Arturita—. Fue él el que reventó la soga. Sabe Dios si es que sintió el olor de alguna chiva en celo.

—¿Y ahora qué puedo hacer? Porque se me morirá de tristeza y de hambre en el puesto de mando —se lamenta Arturita desesperada y triste.

—Como único —propone Pipo— coger los mil pesos que usted recaudó, y pagar la fianza para que nos lo entreguen hasta el día del juicio, y así yo pastorearlo un rato por las tardes.

—¿Y por qué usted dice mil pesos si Mario me dijo que la fianza es de setecientos?

—¿Y yo no voy a cobrar nada por el pastoreo? —reclama Pipo—. Mucho más debería cobrar si tenemos en cuenta lo bandolero que es el animal de su marido.

Arturita se queda pensativa.

El bullicio del parque se escucha a lo lejos. Los niños corren influenciados por la novedad y algunos pobladores se limitan a mirar con tristeza. Sico no da abasto para mantener el orden y, aunque ya le ha reclamado, Pipo solo atina a contar el dinero de las recaudaciones. Todos se detienen expectantes al ver llegar a Arturita, que, parada ante Pipo, exige una explicación.

—No me lo tenga a mal, mija —dice Pipo lastimoso—, pero es la solución que se me ocurrió para lograr, en el menor tiempo posible, hacer el dinero para que los cirqueros le quiten el hechizo y que el pobre Urbino pueda volver a ser el gran muchacho que siempre fue.

—¿Y de qué tiempo estamos hablando, Pipo?

—Saque la cuenta usted misma. Después de deducidos los gastos, cada carnaval debe dejarnos ciento cincuenta pesos libres. Solo nos haría falta la mínima cifra de diez carnavales para llegar a mil quinientos pesos.

—Pipo, pero es que los carnavales los dan una vez al año.

—Sí, mija, pero ya eso no es problema mío —se justifica Pipo—. Además, piense, él solo está cumpliendo con una tarea propia de su cargo como activista zonal de asuntos comunitarios y sano esparcimiento, y a partir de ahora tendría alcance nacional, porque carnavales hay a lo largo y ancho de este país.

La mirada llorosa de Arturita está clavada en el carretón lleno de cencerros de Sico, que, reducido en tamaño y pintado como un arcoíris, es halado por Urbino, quien traslada a un grupo de niños que lo arrean y cantan festivos alrededor del parque.

Índice

www.ingramcontent.com/pod-product-compliance
Lightning Source LLC
Chambersburg PA
CBHW060948030726
47503CB00003B/777